炎のメモリー

シャロン・サラ 作

ハーレクイン・プレゼンツ 作家シリーズ 別冊
東京・ロンドン・トロント・パリ・ニューヨーク・アムステルダム
ハンブルク・ストックホルム・ミラノ・シドニー・マドリッド・ワルシャワ
ブダペスト・リオデジャネイロ・ルクセンブルク・フリブール・ムンバイ

ROMAN'S HEART

by Sharon Sala

Published by Harlequin Japan,
a Division of K.K. HarperCollins Japan, 2024

シャロン・サラ

強く気高い正義のヒーローを好んで描き、読者のみならず、編集者や作家仲間からも絶大な賞賛を得る実力派作家。“愛も含め、持つ者は与えなければならない。与えれば100倍になって返ってくる”を信条に、ファンに癒やしと感動を贈り続ける。

1

顔につき刺さる針のような感触で、彼女は意識をとりもどした。目を開けたとたん、口から悲鳴がほとばしり、近くにいた鷹《たか》が飛び立った。見渡す限り春の新緑をまとった荘厳な山々のパノラマが広がり、眺望は息をのむほどにすばらしい。しかし、彼女はその眺めに驚いたのではなかった。自分の体がパラシュートの装具に締めつけられ、そびえ立つ松の木のいちばん高い枝に引っかかって、地上はるかにぶらさがっているという事実に驚いたのだ。

彼女は恐怖にかられて、装具のストラップを握りしめた。だが、急に動いたせいでパラシュートの生地の裂けめが広がり、体ががくんとさがった。こんな高さから落ちたら、死んでしまう。

次の瞬間、パラシュートが別の枝に引っかかって落下はとまった。彼女は心のなかで神に感謝の祈りをささげた。しかしすぐに、恐ろしいことに気づいた。さっき目を開けて、自分が木の枝にぶらさがっているのがわかった直後は、その事実を受け入れるのがせいいっぱいだった。しかし、まだ生きていることを実感したとき、どうしてこんな状況に陥ったのか、記憶がまったくないことに気づいたのだ。

「そんな……いや！」

彼女は顔に手をのばし、はじめてふれるかのように形と感触をたしかめた。鏡が見たい……顔が見たい。自分が誰なのか、まったく思いだせないなんて。

こみあげてくる恐怖を押し殺し、彼女は今必要なのは名前ではない、と自分に言い聞かせた。必要なのは、地面におりる手だてだ。

彼女は近くの枝に手をのばした。しかし、その動きのせいでまたしても体が揺れはじめた。悲鳴をあげそうになるのを抑えて、彼女は別のアプローチを試みた。まずは、けがの程度をたしかめなくては。そうよ、いちばん痛むのはどこ？　答えは、どこもかしこも、だった。どこが痛いかではなく、どの程度痛いかが問題だ。

下唇はうずき、口のなかは金属のような味がして、今にも吐いてしまいそうだ。指先を頭にあてると、切り裂かれるような痛みが襲ってきた。

彼女は目を閉じてうめいた。血をのみこみたくなかったので、体を傾けてつばを吐いた。頭の痛みは、さらにひどくなっている。髪のはえぎわのすぐ上には大きなこぶがあり、そこにふれた手に血がついているのを見て、彼女はびくっとした。

「落ち着いて、落ち着くのよ」彼女はそうつぶやくと深く息を吸いこみ、ゆっくりと吐きだした。ありがたいことに落下することなく揺れがおさまったので、彼女はほっとした。

なすすべもなく地上高くぶらさがっている体に、下から強風が吹きつけてきた。松の木が揺れ、髪が目をたたく。地平線を見やり、太陽が沈みかけているのに気づいて、彼女はふたたびパニックに襲われた。すぐに暗くなってしまう。もう時間がない。

おそらく、数キロ四方には誰ひとりいないことを知りながら彼女は叫んだ。「助けて！」

叫ぶたびに不気味なこだまが返ってくる。その自分の声のなかに恐怖を聞きとって、彼女はいっそう無力な思いに打ちのめされた。

左手のほうで、りすの鳴き声がした。そのとき、上のほうからなにかが落ちてきて、彼女の頬にぶつかった。「痛っ！」思わず顔に手をあてた。

彼女はまばたきしながら涙にくもった目を下に向け、大きな松かさが枝から枝へとぶつかりながら地面に落ちていくのを見つめた。その光景にまた吐き気が襲ってきた。急いで目を閉じて、わたしが落ちているわけではない、と言い聞かせる。

ふたたび、りすの耳ざわりな鳴き声が沈黙を破った。彼女が目を開けると、すぐそばの目の高さの枝から、りすがじっとこちらを見つめていた。

「あっちに行って！」彼女は叫んだ。枝の上でりすが身をひるがえすさまは、ダンサーのように軽やかだった。

りすはしっぽを振りながら、枝を飛び跳ねていった。それを見ているあいだに、あることがひらめいた。枝にまたがり、木の幹に向かって後ろ向きにじりじりと進めばいいのだ。そのあとは、はしごの段のように枝に足をかけることができる。けれどもそのためには、パラシュートを捨てなければならない。それに、わたしはりすではないのだから、体重を支えられるだけの太さのある枝を見つけなければ。

数分後、彼女は枝にまたがっていた。枝が折れる心配はなさそうだったが、パラシュートをはずすとなるとやはり怖かった。ストラップが指のあいだをすべっていき、これからおりる道筋を示すように枝と枝のあいだにぶらさがった。彼女は意を決しておりはじめた。

いちばん低い位置にある太い枝までおりたころには、身につけていたペールグリーンのパンツとセーターはあちこち裂け、破れていた。しかも、地面からゆうに三メートルは上で枝はおしまいだった。

すり傷だらけのむきだしの両手ばかりか、体じゅうが燃えるように熱い。頭がうずき、気分が悪い。ここから飛びおりたら、着地の衝撃でさらにひどい状態になることはわかり切っている。けれども、ほかにおりる方法はないのだ。もう一度下の地面を見つめたあと、彼女は枝からだらりとぶらさがった。

そして飛びおりた。

足が地面にぶつかり、彼女は積もった落ち葉のなかに転がりこんだ。腐った葉の強烈なにおいが鼻を刺す。しかし、とにかく地面におりられたのだ。立ちあがろうとしたとき、視界の隅をなにかがよぎった。ネイビーブルーのダッフルバッグだ。

"さあ、飛ぶんだ！　バッグを持って飛ぶんだ……決して振り向いちゃだめだ！〟

彼女はさっと振り向いた。今、呼びかけたのは誰なの？

すぐにかすかな記憶は消えてしまい、彼女はとまどいとともにその場に残された。好奇心に駆られてバッグに手をのばす。だが、ふいにうなじがむずむずし、とっさに身を引くと尻《しり》もちをついてしまった。

「いったいどうなってしまったの？」彼女はうめきながら上体を起こした。

しかしぐずぐずしているひまはない。空気はすでに冷たくなっている。彼女はバッグにもう一度目をやると感情を抑えてつかみ、ジッパーを開けてみた。

そしてショックのあまりあとずさった。

お金！　それも大金だ！　百ドル札の束がぎっしりつまっている。

〝どうしてこんなことができるの？　あなたを信じていたのに、これが答えなの？〟

さっきと同じように、その言葉がどこからともなく浮かんできた。しかし、今これ以上考えていてもどうにもならない。彼女はバッグを閉めると立ちあがり、痛みでうずく肩にそっとかけた。

「どこか休める場所を捜さないと」

彼女は、山の稜線《りようせん》をたしかめながら歩きはじめた。ふもとまで下れば、どこか見つかるだろう。いや、見つけなければならない。

太陽の最後の光線が木々のこずえに隠れてしまう直前、ようやく彼女は、遠くにキャビンらしき建物を見つけた。

こみあげる安堵《あんど》の涙にまばたきしながら、彼女は建物に向かって必死に足を速めた。

夜の訪れとともに、森の緑は漆黒へと変わりつつあった。その風景が恐怖をかきたてる。風は強く、寒さが骨までしみた。これ以上一歩も歩けないかもしれない、と彼女が思ったとき、ふいに視界が開け、キャビンが目の前に現れた。

それは、ごく普通のキャビンだった。とがり屋根。丸太の壁。正面にドア。二つの窓。しかし、彼女にとってはすばらしいものに見えた。とうとう指がドアノブに届いたとき、どうして鍵《かぎ》がかかっていないのか不思議に思う余裕はなかった。彼女は急いで暗い室内へと飛びこみ、後ろ手にドアを閉めた。そのままじっと立って、安全な場所にたどりつけたという安堵感に身をゆだねる。

なかはしんとして暗く、家具らしき影が浮かんでいるだけだった。すぐ右手の壁に照明のスイッチがあり、つきあたりにはせまい階段が見える。

激しい疲労感に襲われて、彼女はバッグを肩から落とした。がっくりと両膝をつき、床に転がる。キャビンのなかにはもっと快適な場所があるはずだが、あまりにも疲れはてていて探す気力などなかった。体じゅうの神経がふるえ、ありとあらゆる箇所が痛む。彼女は腕に頭をのせて、目を閉じた。

〝一分だけ。一分だけこうしていさせて〟

それが、翌朝までに彼女の心に浮かんだ最後の意識だった。

ロイヤル・ジャスティスは、これまで末弟のローマンに幾度となく激怒させられてきた。お互いにもっと若いころは、言いあいが殴りあいに発展することもあった。けれども、今さら成長した弟と腕っぷしを競うつもりなどない。自分の言葉にローマンが納得してくれることを望むだけだ。ただロイヤルには、真剣になるあまり冷静さを失う傾向があった。

「ふざけるな、ローマン！　おまえはダラスでただひとりの私立探偵じゃない。代わりはいくらでもいるんだ。おまえはロボットじゃないし、自分で思いこんでいるみたいに不死身でもないんだぞ」ロイヤルは深く息を吸いこみ、指を弟の顔につきつけた。「これ以上休みをとらずにいたら、燃えつきてしまうぞ！　そうなったって、ぼくにはおまえの燃えかすを拾い集めている時間はないんだ」

ローマン・ジャスティスは腕を組み、壁に背をもたせかけて兄の言葉を聞いていた。その表情からは、胸のうちはまったく読みとれない。

ロイヤルは間髪入れずに言葉を継いだ。「いいか、昨日電話をして、キャビンに電気とガスを通してもらった。ひととおりの食料も届けさせた。おまえはただあそこまで車を運転すればいいんだ」

言うべきことを言いおえると、ロイヤルはドアの前に立ちはだかった。ローマンが折れるまでは、このレストランの男性用トイレの出入口から絶対に動かないぞ、といった表情だった。

ローマンは選択肢を頭のなかで考えた。第一は、コロラドにあるジャスティス家所有の釣り用キャビンに行け、という兄の提案を無視するというものだ。休暇をとるにしても、行く場所くらい自分で選びたい。しかしローマンは、兄の言葉にいくらかの真実が含まれていることを認めないわけにはいかなかった。実際、彼は疲れ切っている。

かといって、なにをしたらいいのだ？　なにもしないで休んでいたりしたら、これまで何年もかけて忘れようとつとめてきた記憶がよみがえってしまう。

テーブルで次兄夫婦が待っていることを思いだし、ローマンは頭を切り替えた。「ライダーとケイシーをディナーに誘っておきながら、こんなふうにふたりを待たせるなんて無礼だとは思わないのか？」

ロイヤルはひるまなかった。今の彼にとっては、こミシシッピ州から訪ねてきたもうひとりの弟とその妻をもてなすことよりも、ローマンを休ませることのほうが重要だ。長男であるロイヤルは、家族の面倒を見なければ、という責任感をつねに持っている。なのにローマンは、どうしてこう聞きわけがないんだ？　弟の声の冷静な響きが、ロイヤルの怒りをあおった。

「ライダーならぼくらがいなくても、自分の妻の相手くらいできるさ」ロイヤルはローマンをにらみつけた。「まだ質問に答えていないぞ。ぼくの言ったことをちゃんと聞いていたのか？」

ローマンは冷静さを失った――ただし、ほんのわずかだけだが。「ちゃんと聞いていたよ……このブロックの住民全員もな」

大声をあげていたことを指摘されて、ロイヤルは顔を赤らめた。

「それに」ローマンは続けた。「兄さんは質問なんてしていない。自分の考えを言っただけだろ。ぼくは兄さんの娘に対して以外に、自分が代えのきかない存在だ、なんて主張したことはない。ぼくがマディのお気に入りなのは、兄さんも認めるだろう」

ロイヤルはにやりとしそうになった。「それは、おまえがあの子に決してノーと言わないからさ」

ローマンは眉をあげた。「あの子はまだ四歳だ。これからの人生でたくさんの人間からノーと言われるだろう。ぼくがそのひとりにならなければならない理由なんて思いつかないね」

ロイヤルの背後でドアが開いた。彼はさっと振り向いて、入ってきた男をにらみつけた。

「満員なんだ」ロイヤルはゆっくりと言った。その視線の鋭さにひるみ、男は退散した。

ローマンは目を丸くした。「ここはレストランのトイレだ。占領するわけにはいかないんだぞ」

ロイヤルはぐっと顎をつきだした。「家族のためとなれば、どんなことでもしてみせるさ。幸いライダーは最後には正しい道に戻った。だがおまえまで、プレッシャーに押しつぶされて、ある日突然ぼくの前から消えてしまうなんてことは許さないぞ」

ローマンは背筋をのばし、ロイヤルの興奮を静めようと思った。ロイヤルはなんと言っても兄だし、心の片隅の冷静な部分では、彼の言っていることが正しいのもわかっている。ローマンは一歩前に踏みだした。

「いいか、この頑固者。ぼくらふたりとも逮捕される前にドアから離れるんだ。テーブルに戻って楽しもう。ライダーとケイシーは明日ルーバン・クロッシングに帰ってしまうんだから」

しかしロイヤルはゆずらなかった。ローマンは、自分がどれほどかたくなになろうとも、頑固さにかけてはロイヤルにかなわないことを知っていた。

「わかったよ」ローマンはしぶしぶ言った。「キャビンには行く。ただしライダーとケイシーが発《た》ったあとでね」

ロイヤルは眉をひそめた。「誓うんだ」

ローマンは両手をあげた。「誓うよ。さあ、これで満足かい?」

ロイヤルはようやく表情をゆるめた。ローマンは頑固だが、嘘《うそ》はつかない。ロイヤルはにやりと笑って手を差しだした。「誓いの握手だ」

ローマンには、もし握手に応じなかったら永遠に食事の注文ができないことはわかっていた。彼は胸のうちで悪態をつくと、あきらめて手を差しだした。ロイヤルは、にっこり笑ってその手をしっかりと握りかえしてきた。ふたりはトイレを出て、並んで待っていた男たちのわきをすりぬけた。

「お待たせして申し訳ない」ロイヤルはそう言って、男たちに腕を振ってみせた。

「兄さんときたら、まったく調子がいいな」ローマンには、自分の負けだとわかっていた。

小さなスポーツカーが、ローマンの四輪駆動車の後ろで急に車線を変更するや、スピードをあげて追い越し、走り去っていった。

「ばかなやつだ」ローマンはつぶやいた。ハイウェイの左手は、まっすぐに切り立った断崖《だんがい》になっている。いくら目的地に早く着きたいからといって、無謀なスピードを出すことは彼の選択肢にはなかった。

道中にもう何度後悔したことだろう。そもそも釣りなど好きでないうえに、空模様からすると嵐《あらし》が近づいているようだ。

ローマンは腕時計にちらりと目をやり、肩をすくめた。そもそも、出発がこれほど遅れてしまったのも自分が悪いのだ。ライダーとケイシーがロイヤルの牧場を発ったときには、もう十時を過ぎていた。それからマディに解放されるまでに、さらに三十分近くかかった。姪《めい》は、四歳にしては要求の厳しい女性なのだ。

ローマンは、マディをいやになるくらい愛していた。たったひとりの小さな女の子に、これほど心を揺さぶられることを思うと自分でも驚いてしまう。その思いが、彼の頭のなかにもうひとりの女性のことをよみがえらせる。また古い痛みが頭をもたげようとし、ローマンは過去の記憶を頭から振り払った。彼女が死ぬのを見ていなければならなかったあのときから、十二年の歳月が過ぎた。あの日、ぼくの一部も彼女と一緒に死んだのだ。そして、生き残ってしまった部分を誰も踏みこめない壁の奥に埋め、ローマンは心を閉ざした。孤独だが、安全な人生だ。

遠くのほうで、雷が鳴り響いた。やはり雨になりそうだ。急がなければ、土砂降りのなかで車から荷物をおろすか、シーツのないベッドに眠るか、選ばなければならなくなってしまう。

ローマンは鼻を鳴らした。ロイヤルは正しかったのかもしれない。たぶんぼくは逃げだす必要があったのだろう。どこで眠るかなどということを考えるなんて、ぼくはやわになっているらしい。これまでは、目を閉じることのできる安全な場所さえあれば、喜んで横になることができた。ベッドがあろうがなかろうが、そんなことはおかまいなしに。

過去を思いかえすことなどめったにないが、軍隊にいたころ、ローマンは数多くの危険をおかしていた。近ごろでは、エネルギーを仕事と自分が生きているという事実にだけそそいでいる。

急なカーブが続きはじめたので、ローマンはバックミラーを見やった。そしてそこに映っている自分自身の顔に驚き、目をそらした。

ローマンは運転に注意を戻し、慎重にカーブを曲がった。いや、ロイヤルが正しいという可能性など認めたくない。ぼくは壊れかけてなどいないさ。

三十分とたたないうちに、ローマンはキャビンに到着した。嵐は、最後の荷物を玄関口に運びこんでいる途中で襲いかかってきた。雨が窓ガラスをたたきはじめたとき、ローマンはドアを足で閉めた。

ローマンは部屋のなかを見まわして、最後にここに来たときのことを思いだそうとした。頭上の明かりが、おぼろな黄色い光を茶色い革のソファに投げかけている。上にはキングサイズのベッドがあったはずだ、と考えながら彼はロフトのほうを見やった。

その瞬間に、部屋は闇《やみ》に包まれた。停電だ。ローマンは舌打ちし、懐中電灯とろうそくがどこにあるか思いだそうとしながら、キッチンに向かった。

深い眠りから引きもどされ、彼女はベッドのなかで上体を起こした。恐怖で目を大きく見開いて、自分の聞いた物音の正体をたしかめようと耳を澄ませる。雷鳴が、ロフトの窓をがたがたと揺らした。彼女は自分の体を両腕で抱いて身をふるわせた。

ああ、あのまま外にいなくて本当によかった。

ふいに階下のドアがたたきつけられる音が響き、彼女はベッドからすべりおりた。そのとたん、全身を痛みが駆けぬける。彼女はふるえながらロフトの端まで行き、手すりの隙間《すきま》から下の暗闇をのぞいた。見えるのは影だけだったが、彼女にはわかった。

このキャビンの持ち主が来たんだわ！

最初に頭に浮かんだのは、助かった、という思いだった。しかしそれからダッフルバッグのことを思いだして、パニックに襲われた。ライフルの銃口をつきつけられ、バッグを奪われる光景が思い浮かぶ。これだけ深い森のなかなら、死体ひとつ隠すことなどいとも簡単だろう。

彼女は膝をついて床をはい、バッグをベッドの下に押しこむと、そのあとから体をもぐりこませた。

床は冷たく、かたかった。バッグはベッドの奥の壁にぴったりと押しつけた。雨だれが屋根にあたって、岩に銃弾がぶつかるような音をたてている。

きっと大丈夫よ。彼女はふるえながら自分に言い聞かせつづけた。思い切って姿を現してみるのは危険すぎるし、すでにそのタイミングを逸している。

そのとき、物音を聞きつけて彼女ははっとした。階段をのぼってくるわ！

彼女は相手の顔を見ようと、ベッドの下から踊り場のほうにじっと目をこらした。

雨は激しく降っている。ローマンは照明のスイッチを何度か押してみて、それから肩をすくめた。暖炉のそばに乾いた薪《まき》があるから、火をおこすことにしよう。それで明るくなるし、部屋もあたたまる。

自分にできることがあるのに満足して、ローマンは薪を並べはじめた。火を入れて暖炉の前に立ち、乾いた薪をオレンジ色の炎がなめていくのを眺める。

おなかが鳴ったが、それは無視することにした。停電のなか、暖炉で料理をする気分ではない。

体は冷え切り、長時間の運転で疲れていたので早く横になりたかった。スーツケースに手をのばしかけて、思いなおす。横になれればシーツなんて必要ない。ベッドを整えるのは明日にしよう。ローマンは階段を踏みはずさないよう注意しながら、暗闇のなかをロフトへとのぼりはじめた。

しかし半分まであがったところで、ローマンは凍りついた。腕の毛が逆立つのがわかる。なにかがおかしい！　遠い昔、彼はいかなるときも自分の本能を無視してはならないことを学んだ。下に見える部屋をうかがい、今耳にした物音はなんだったのだろう、と考えた。また強い風が吹きつけ、ドアと窓をがたがたいわせた。

ローマンは階段をおり、ドアの鍵をかけなおした。そしてバッグから拳銃《けんじゅう》を出し、ロフトへの階段をまたのぼりはじめた。もし誰かが侵入してきても、いつでも相手ができる体勢は整っていた。

ベッドに腰をおろして、拳銃をサイドテーブルの上に置く。下の暖炉のおかげでロフトはあたたかい。心の片隅で、ベッドに横になるときには靴を脱ぎなさい、と叱《しか》る亡き母の声が聞こえたような気がした。ローマンは笑みを浮かべ、ブーツを脱いで床に投げ落とした。そしてうめき声をもらしながら横になり、両腕を組んで頭をのせるとため息をついて天井を見あげた。

またおなかが鳴ったが、ローマンはそれも無視した。目を閉じてゆっくりと息を吸いこむと、いつのまにか眠りに落ちていた。

数時間後、衣服が木にこすれるようなくぐもった音を聞いて、ローマンは目覚めた。そして息をとめたまま、拳銃に手をのばした。

2

男は眠っている。

彼女がそう思えるまでに、長い時間がかかった。床は冷たいうえに、あちこちけがをしている。これ以上ベッドの下にいたら、二度と動けなくなってしまうだろう。なにより、トイレに行く必要がある。痛みをこらえて、彼女はベッドの下からはいだそうと動きはじめた。すると、足もとにあったダッフルバッグのナイロン生地が床にこすれ、音をたててしまった。それは静かな部屋に反響し、彼女は凍りついた。だが、男の寝息はまだ聞こえている。

落ち着くのよ。そう自分に言い聞かせながら、彼女はベッドの下からはいだした。

四つんばいのまま階段のそばまで近づいたとき、なにかが——本能と言ってもいいなにかが、彼女を振りかえらせた。暖炉の炎の明るさのなか、男がベッドの上で肘をついて体を起こし、拳銃《けんじゅう》をまっすぐ自分に向けているのが見えた。

「撃たないで」彼女はゆっくり体の向きを変えて、あおむけになった。「武器は持っていないわ」

「ぼくは持っている」

男の声は険しかった。彼は、外で吹き荒れている嵐《あらし》のように怒っている。彼女はゆっくりと上体を起こしはじめた。すると、今度は男が沈黙を破った。

「動いていいとは言っていないぞ」

「お願い」彼女は言った。「トイレに行きたいの」

予想もしていなかったせりふに、ローマンは思わず笑ってしまった。

「あなたをだますつもりはなかったの」彼女は静かに言った。「わたしはただ、休む場所が欲しかっただけ。眠っていたらあなたが来たので驚いて、思わず隠れてしまったの。そのまま、名乗りでるタイミングをのがしてしまって」

彼が立ちあがるとベッドがきしんだ。彼女は悲鳴をあげそうになるのをこらえた。彼はとても大きく、威圧的だ。

「立つんだ」

命令は簡潔だった。この男性は、言葉にエネルギーを費やすタイプではないらしい。

彼女はゆっくりと立ちあがった。ローマンは、彼女がうめいたのが聞こえたように思った。手を貸さなければ、と一瞬思ったがすぐに考えなおした。ベッドの下にもぐりこめたのなら、ひとりで立つことだってできるだろう。

ベッドの下に誰かがひそんでいたと思うと、ローマンは胃が締めつけられるような感じがした。子供のころに聞かされた怖い話が、現実になったような気がしたからだ。ベッドの下にいる怪物。彼女がそうでないと言い切れるだろうか？

「下へおりろ」ローマンは拳銃を振って合図した。「ゆっくりとだ」

「わかったわ」一歩踏みだすたびに筋肉が抗議の悲鳴をあげたが、彼女は唇を噛《か》んで階段をおりた。

まもなくふたりは暖炉の前に立ち、お互いに視線を合わせることなく、消えかけている火を見つめていた。

ローマンは拳銃で近くの薪《まき》の山を示した。「一本暖炉に投げこむんだ」

彼女はローマンに向きなおり、懇願するように両手を差しだした。「わたし――」

「言われたとおりにするんだ。拳銃を向けられたくないならな」

彼女は痛みに歯をくいしばりながら、ざらついた薪に手をのばした。

今度はローマンにも、彼女のうめき声がはっきりと聞こえた。暖炉まで行く前に、彼女は薪をとり落としてしまった。彼女は膝をついて両手を胸に押しあてた。

「きみは……」

「手をけがしているの」

今度はローマンも耳を傾けざるをえなかった。彼は彼女の両手をつかみ、火にかざした。消えかかっている炎に照らされて、どす黒い切り傷や血のかたまりが見える。彼は罪悪感に襲われた。が、悪態を押し殺し、代わりに薪を投げ入れた。

それから彼女の腕をとり、引っぱって立ちあがらせた。数分とたたないうちに炎があがり、部屋が明るくなった。ふたりははじめてお互いの顔を見た。

じろじろ見るのは無礼と知りながら、彼女は男を見つめずにはいられなかった。とてもハンサムだ。だが、そんな思いよりも恐怖感のほうがはるかに大きかった。これほど冷たく無表情な顔は見たことがない。いいえ、今のわたしにそんなことを判断する力なんてあるのかしら。自分自身の名前すら知らないというのに。

ローマンは厳しい視線を彼女に向けたまま、黙っていた。なんらかの答えを得るまでは、反応を示さないように決めていたからだ。たしかに彼女はけがをしていて、服は血で汚れてぼろぼろだ。少なくとも彼女の話の一部は真実のようだ。だがローマンは美人の言うことは信じないようにしていた。それどころか、女性というものをまったく信じていない。

「きみの名前は？」そうきいたとき、ローマンは彼女の顔にあらたな恐怖がよぎるのを見た。

「知らないわ」

それはローマンが予期していなかった答えだった。

「どういう意味だ？」

彼女は頭のこぶに手をあてた。「頭をけがしたせいかもしれないわ。自分が誰で、いったいどこに行こうとしていたのか思いだせないの」

ローマンは鼻を鳴らした。「記憶喪失なんてへたな言い訳が、通用すると思わないでくれ」

「あなたが信じようが信じまいがかまわないわ」

不本意ながら、ローマンは彼女の毅然《きぜん》とした態度を評価した。そして質問の仕方を変えてみた。「それにしてもひどい格好だ。なにがあったんだ？」

彼女の目にはっきりと怒りが浮かんだ。「あなた結婚していないでしょう？」

突然の質問に驚き、ローマンは思わず答えていた。「していないが」

今度は彼女が鼻を鳴らす番だった。「どうしてわかったと思う？　あなたの女性に対するマナーは大いに問題があるからよ」

ローマンはいっそう険しい目で彼女をにらみつけた。マナーだろうがなんだろうが、彼女の意見になど耳を傾けるつもりはない。「ぼくの仕事には、愛想のよさなどなんの役にもたたないんでね」

彼女は拳銃をじっと見つめた。「きくのが怖いような気がするけど、あなたは刑事かなにかなの？」

「ぼくは刑事じゃない」

「ということは……わたしは殺し屋と話をしているの？」彼女はつぶやいた。

ローマンの口の端に笑みが浮かんだ。「殺し屋でもない。ぼくは私立探偵だ」

彼女はため息をついた。「もしわたしにお金があるんだとしたら、わたしが誰なのかを調べてもらうためにあなたを雇いたいわ」

ローマンの顔から笑みが消えた。彼女はまだ、記憶喪失という言い訳にしがみつくつもりらしい。しかし軽率とわかっていながら、ローマンは彼女を信じはじめていた。彼は黙って銃口をさげた。

「事故にでもあったのか？　来る途中でそんな現場

は通らなかったが」

「車には乗っていなかったわ。飛行機に乗っていたんだと思うの」

ローマンは目を見開いた。「乗っていた飛行機が墜落したとでも言うつもりなのか？」

彼女は叫びだしたい衝動をこらえた。「たぶんね。いいえ、わからないの。わかっているのは、墜落する前に飛びおりた、ってこと」

「飛びおりた？」

部屋がぐるぐるまわりはじめた。彼女はよろけながら、支えを求めて手をのばした。「わたしは木の上で意識をとりもどしたの。パラシュートが枝に引っかかっていたのよ。ねえ、お願い。トイレに行かせて」

飛行機からパラシュートで飛びおりて木に引っかかっていた？　あまりにも突飛すぎる話だ。一分たりとも目の届かないところに行かせたくなかったが、彼女の要求を拒むことは難しかった。それに、いずれにしてもこんな嵐では、どこにも逃げられやしない。「廊下を進んで、左手の最初のドアだ」

「わかっているわ。昨日の夜からここにいたんだもの」

そのとき、ふいに照明がついて部屋がまばゆい光に照らしだされた。

「よかった。少なくともこれでもうなにかにぶつからずにすむわ」彼女はおなかのあたりを手でさすった。「これ以上けがをする場所は残ってないもの」

明かりの下で彼女のけがのひどさがはっきりとわかり、ローマンは同情のあまり眉をひそめた。バスルームに向かう彼女の後ろ姿を見つめているうちに、彼はもうひとつの事実に気づいた。パンツの尻《じり》ポケットの部分がちぎれてなくなっている。彼はにやりと笑った。彼女の下着の好みは、なかなか強烈だ。デイジー。パンティには、黄色の花芯《かしん》の白いデイジーが咲き乱れていた。

珍しくいたずらっぽい衝動に駆られて、ローマンは彼女に呼びかけた。「ねえ、デイジー」

予期せぬ呼びかけに、彼女はさっと振り向いた。「どうしてわたしをそんなふうに呼ぶの？」

ローマンは肩をすくめた。「なにか呼び名がないと不便だからね。どんな名前でもよかったんだ」

彼女は眉をひそめた。

「ちょっと待って」ローマンはキッチンからトイレットペーパーのロールをとってきて差しだした。

「ありがとう」彼女は顔を赤らめたが、うつむかずにそれを受けとった。ふざけた名前を聞いて、なぜか安心できたことが不思議だ。

それでもバスルームに足を踏み入れると、自分の身の安全は完全に彼の手中にあるのだという事実があらためて思いおこされ、彼女はドアに鍵《かぎ》をかけた。彼の体格と武器を持っていることを思えば無駄な行動だが、それでも少しは安心できる。

痛む指をジッパーにかけて引くと、パンツはくるぶしのあたりまで簡単に落ち、彼女はため息をもらした。しかしパンティに手をのばしたところで手をとめ、その模様をじっと見つめた。それからパンツの後ろに開いている大きな穴に目を移した。

〝デイジー……どんな名前でもよかったんだ〟

彼女は首筋まで真っ赤になった。

用を足し、鏡に映る自分の顔が目に入ると、彼女は目を丸くした。なんてひどい顔なの。

デイジー。彼女はその名前を口に出して、響きを舌先でたしかめた。「デイジー」

その名前はなにも呼び覚ましてはくれず、なんの警戒心もかきたてなかった。彼女は肩をすくめた。彼の言うとおりだ。さしあたっては、どんな名前でもかまわない。

彼女は両手と顔を洗って外に出た。驚いたことに、彼は姿を消していた。たちまち、逃げだしたいという衝動がこみあげてくる。だが、どこに逃げられるというのだろう？　彼女はふるえる自分の体を両腕で抱きしめながら、暖炉のほうに向かった。彼女は疲れ切っていた。ソファには四つクッションが並んでいて、ちょうど横になれるだけの広さがある。

彼女はソファの上で丸くなって火にあたった。炎のあたたかさは、天国からの贈りもののようだ。どこかで、なにかが落ちるようなごとりという音がしたが彼女は身じろぎもしなかった。一瞬ののち、疲労に押しつぶされて彼女は眠りに落ちた。

ローマンは、デイジーがソファの上で丸くなっているのを見つけた。片手を頬の下にあて、もう一方の手は床に垂れている。その無防備さに彼は驚いた。

ローマンは、自分が目の前の女性に惹《ひ》かれていることに気づいた。しかし、関心があるのは彼女にまつわる謎《なぞ》であって彼女自身ではない、と自分に言い聞かせた。

デイジーは小柄だった。頭のてっぺんがちょうどローマンの顎の下あたりで、髪はブルネットだ。彼の好みは背が高く、脚の長いブロンドだというのに。唇に切り傷があるのに気づいて、ローマンは眉をひそめた。右の頬にはすり傷があり、首には引っかき傷が走っている。枝にぶつかったのだろう。そう思ったとき、ローマンは自分が彼女の話を信じていることを認めざるをえなくなった。たしかに突飛な話だが、彼はこれまでの経験から、世の中にはもっと信じがたいことが起きているのを知っていた。

ローマンはデイジーの手に目をやった。指輪はない。結婚はしていないということか。彼は、そのことが自分にとって大切かどうか、あえて考えないようにした。

デイジーが身をふるわせた。彼女の服はぼろぼろで、そもそも今のような気候にはふさわしくない。

ああ、ちくしょう。

ローマンは毛布をとりに行き、身をかがめて彼女にかけてやった。その瞬間、それまでとはまったく別の感情の波が押し寄せてきた。

彼女はあまりに小さく、頼りなげに見える。ローマンが毛布を肩にかけてやると、彼女はそれを顎のすぐ下まで引きあげた。無意識のその行動は、姪《めい》のマディを思いださせる。マディは暗闇《くらやみ》を怖がって、一年じゅうきちんと毛布をかけて眠っているのだ。

外ではまだ風が吹き荒れているが、雨音はもうやんでいる。ローマンはドアを開け、外を見た。たちまち冷たい風が顔に吹きつけてくる。暗闇のなかでも、風に舞っている雪は見のがしようがなかった。

「なんてことだ……」

ローマンはドアを乱暴に閉め、キャビンを見まわしてから暖炉の前で眠っている女性に視線を戻した。

その瞬間、彼は誓った。帰ったら、ロイヤルの顎に一発お見舞いしてやる。無理やり休暇をとらされたうえに、このままでは雪に閉じこめられてしまう。それも、見ず知らずの女性と一緒に。彼はソファまで戻り、彼女を見おろしながらささやいた。

「ミス・デイジー、どうやらぼくらはとんでもないことになってしまったようだよ」

デイジーにはローマンの言葉は聞こえていなかった。しかし、吹雪でキャビンに閉じこめられるよりもずっと悪いことがあるのを彼女は知っていた。もしかしたら、まだ木の枝にぶらさがったままでいたかもしれないのだ。

〝見て、見て！　シャボン玉よ。さあ、吹いて。口をすぼめて、吹いて！〟

夢のなかで小さな女の子になって、シャボン玉がストローから空中へと飛んでいくのを眺めながら、デイジーはかすかに口をすぼめた。

少女はシャボン玉を追いかけ、その表面にきらめく日光のかけらに向かって両手をのばす。デイジーの唇から笑みがこぼれた。

〝もっと。もっと吹いて！〟

シャボン玉は空中をくるくるまわり、風に吹かれて手が届かないほど高く飛んでいくと、やがて見えなくなった。

心地よい夢のなかをたゆたいながら、デイジーは目を開け、まったく異なる風景を見つめた。キャビンの丸太の壁が、現実を思いださせる。彼女は窓のほうを見やった。もう朝になっている。

コーヒーの香りと、薪が燃えるにおいがつんと鼻を刺す。デイジーは寝がえりを打とうとして、毛布に気づいた。

あの人がかけてくれたんだわ。彼にそんな親切なところがあるとは思わなかった。

しかし、理不尽な思いをしているのは彼のほうだと思い至ると、罪悪感がこみあげてきた。わたしのほうが勝手に彼のキャビンに押し入っていたんだもの。デイジーはため息をついた。自分が寝ているベッドの下から誰かがはいだしてきたら、わたしならどうしたかしら？

その瞬間、ある風景が脳裏に浮かんだ――ブルーでまとめられた、大きなベッドがある広い部屋。しかしその部屋の映像は、浮かんだと同時に消え去った。まだ夢の一部ではないか、と思うことさえできそうだった。しかし、そうではない。たった今頭に浮かんだ部屋は、たしかにわたしの部屋だわ。

デイジーは涙をこらえ、歯をくいしばった。泣いたところでどうにもなりはしない。もし今のが本物の記憶だとしたら、ほかの記憶も徐々に戻ってくるはずだ。今は、この山をおりて警察に行くことだけを考えなくちゃ。それから彼女は、ベッドの下に残したままのダッフルバッグのことを思いだした。

いいえ、警察に行く前に、少し自分のことを調べたほうがいい。出ていってから、自分がFBIのお尋ね者だとわかるようなことにはなりたくない。

うめきながら毛布をはいで立ちあがると、デイジーはうんざりとした気持で服を見おろした。

「馬と黄金の壺《つぼ》があったら」彼女はつぶやいた。

「それがあったら、どこに行くつもりだ？」

デイジーは、はっとして振り向いた。「おどかさないで」

ローマンはくりかえした。「もし馬と金があったら、きみはどこに行くんだ？」

「あなたも賛成してくれるでしょうけど、これ以上あなたのやっかいにならないように、まずここを離れるわ。ご親切に甘えて長居しすぎたと思うの」

夜のあいだずっと、ローマンはデイジーに拳銃を向けていた。そして彼女のほうも、まだローマンのことを恐れているからか、あるいは逃げようとしているからか、距離を保ちつづけている。ローマンは、彼女の挑発には応《こた》えずに黙っていた。

デイジーは怒りに目を細めた。この人は、人の心を見とおせないだけでなく、傷つけることもできないのね。彼に恋する女性には同情するわ。「たった今気がついたけど」彼女は言った。「まだあなたの名前を知らないわ」

「ジャスティス。ローマン・ジャスティスだ」

正義《ジャスティス》——正義はわたしの味方かしら、それとも違うの？　彼女は思わずそう口にしそうになるのをこらえた。

「ミスター・ジャスティス、楽しかった、と言いたいところだけど嘘《うそ》を言っても仕方がないわね。ここがどこか知らないけれど、あなたがここまで来た交通手段で、いちばん近い町まで送ってもらえればありがたいわ。そのあとは自分でなんとかするから」

ローマンは首を横に振った。「申し訳ないが、そ

「ありがとう」デイジーは顔を赤らめて短く答えた。「電気は大丈夫なの？」

ローマンはうなずいた。

「それなら、シャワーを浴びて髪を洗いたいの」デイジーは肩をすくめた。「血がついているのよ。乾いてこびりついてしまって」

ローマンはうなずいた。「バスルームにきれいなタオルがある。自由に使ってくれ。着替えて朝食を食べたら、よかったら手と頭の傷を診てあげるよ」

デイジーはほほえみかけたが、ローマンの顔を見てすぐに表情をかたくした。「ありがとう。洗うのに、そんなに長くはかからないわ」

「女性の口から言われても、信用できないね」ローマンは小声でつぶやいた。

「聞こえたわよ」デイジーは言いかえすと、バスルームのドアを後ろ手にしっかりと閉めた。

ローマンは、薪をとりに外へ出た。


「外を見るといい」

デイジーは玄関に向かった。ドアを開けてみると、外は見渡す限り雪に覆われていた。しかも、雪はまだ降りつづいている。

デイジーはドアをたたきつけるように閉めて振り向いた。その顔にはショックが浮かんでいる。

「晩春の嵐だ。そんなに長くは続かないだろうが、しばらくはここから動くのは無理だな」

デイジーは身をふるわせた。このキャビンに、この人と閉じこめられるなんて……。

いったいこれからどうなるの？

「わたしを見てよ」彼女はつぶやいた。「この服、髪……めちゃくちゃよ……それに凍えそう」

「ああ。そう言うだろうと思って、きみが着られそうな服を捜しておいた。上のベッドに置いてある」

デイジーに関して、あらたに気づきはじめたことがあった。彼女はとてもナーバスになっている、ということだ。わたしを手荒く扱わないで、というようにに頭を傾けるしぐさ。そして気分に応じて色が変わる目。ローマンは、一度ならずその目から今にも涙がこぼれ落ちそうになるのを見た。

ローマンは雪をかき分けながら薪の山へと進んだ。女性はトラブル以外のなにものでもない。これまでのぼくの人生のなかにも女性はいたが、決して永続的な存在ではなかった。運命が、あるいは神が、一生一緒にいられる女性をぼくに与えてくれるなどとは、もう信じられない。彼は腕いっぱいに薪を抱えると、キャビンに戻った。

3

ローマンが用意してくれた服はどれも清潔で、グレーのウールのパンツのウエストをベルトでしぼらなければならなかったこと以外は、おおむねデイジーの体に合った。赤いフランネルのシャツはやわらかく、傷にやさしかった。

パンツのしわをのばそうとしてかがんだとき、濡《ぬ》れた髪がひと筋はらりと落ちて頬にあたった。その冷たさにぞくっとして、デイジーは下で火にあたるために階段に向かった。

ローマンは、他人が亡き母の服を着ている姿を目にする心の準備はできているつもりだった。デイジーは母のバーバラ・ジャスティスよりも背が低いが、華奢《きやしや》な雰囲気がよく似ている。階段をおりてきたデイジーを見て、ローマンは幽霊を見ているような錯覚を覚えた。自分が厳しい表情でデイジーをじっと見つめていることには、気づいていなかった。

デイジーは階段の途中で立ちどまった。彼女はおびえていた。ローマンはあまりに大きく、その表情はあまりに冷たい。しかし、デイジーは顎をあげて彼の目を正面から見つめかえした。

「服をありがとう」デイジーは静かに言った。「あたたかくて気持いいわ」

ローマンはうなずいた。

「妹さんのもの？」

「妹はいない」

「そう」

沈黙が広がった。結局それを破ったのは、デイジーだった。

「このにおいはコーヒーかしら？」

「ああ、レンジにベーコンを残しておいた。パンもあるから、自分でサンドイッチでもつくってコーヒーを飲むといい。ぼくは夜までもう料理をしない」

「ありがとう」

デイジーの目はグリーンだ。ローマンは、疑問の答えが見つかって満足した。そのことに気をとられていて、彼女がなんと言ったのか聞きそびれてしまった。「なんだって？」

「ありがとう、って言ったの」

ローマンは肩をすくめた。「どういたしまして」

それからデイジーのけがのことを思いだした。キッチンのほうに歩きはじめた彼女の腕をつかみ、てのひらを上に向けさせる。たいしてよくなっているようには見えない。「ぼくが食事をつくろう。きみは髪を乾かすといい。ここに閉じこめられているうえに、具合が悪くなられたらたまらないからな」

感謝すべきか、蹴飛《け》ばしてやるべきか、デイジーにはわからなかった。しかしローマンがさっさとキッチンへ行ってしまったので、彼女は肩をすくめて、髪を乾かすために暖炉のほうへ向かった。

ローマンは部屋に戻ってくるとソファの横にあるテーブルにコーヒーとサンドイッチを置き、ポケットから抗生物質のチューブをとりだした。「食べおわったら傷を診るよ。化膿《かのう》するとまずいから」

今度も、デイジーはローマンのしぶしぶといった感じの提案を受け入れざるをえなかった。どうしてこんな目にあうのだろう。あのお金にからんでなにか悪事を働いたのなら、きっと正義はどんな法律よりも効果的な形で、わたしに罰を与えているんだわ。

ローマンがすぐ近くにいるせいで落ち着かないまま、デイジーはサンドイッチをひと口かじった。かりかりに焼いたベーコンとスライストマト、そして何種類も塗られた複雑な味のスプレッドは、予想外のおいしさだった。

「おいしいわ」デイジーはソファに背をもたせかけ、飢えた子犬のように残りにかぶりついた。

「ただのサンドイッチさ」ローマンはぶっきらぼうに言って背を向けた。「食べおわったら教えてくれ。傷を診るから」

デイジーは顔をあげた。「火のそばにいたほうがあたたかいわ。わたしに気をつかわないで」

ローマンは、振りかえって母親の服に身を包んだ女性を見つめた。母なら彼女のことをどう言っただろう。ほとんど乾いた髪はブルネットで、肩にかかるくらいの長さだ。その髪がひと筋目じりにかかっているのを見て、払ってやりたいという衝動に駆られたことに、彼は驚いた。

「いや、いいんだ」ローマンは答えた。それからロイヤルに連絡をとろうとしたが、あいかわらず電話はつながらない。たぶん嵐《あらし》のせいだ。

デイジーがサンドイッチを食べ、コーヒーをすすっているあいだに、ローマンは荷ときを終え、シーツを抱えて階段をのぼっていった。ロフトから響いてくる足音を聞いて、デイジーは彼がベッドメイクをしていることに気づいた。そしてたちまちパニックに襲われた。もしあのバッグを見つけたら、ローマンはどうするだろう？　彼はお金のために人を殺すような人には見えないが、もし必要なら他人の命を奪うこともためらわない人間であることを、彼女はすでに見ぬいていた。絶望が肩に重くのしかかり、デイジーは両手で顔を覆った。

そしてローマンは、そんなデイジーの姿を目にしてしまった。

デイジーはあまりに弱々しく見えた。泣いているのだろうか。そう思ったとたんに、ローマンは彼女のことを気づかっている自分に腹をたてた。女性と親密になれば、感情がからんでくる。遠い昔に、そうした感情を抑えることは学んだはずだ。

「気分が悪いのかい？」

怒りを含んだ声に、デイジーははっとして顔をあげた。「いいえ」ローマンの顔を見ることができない。自分が彼にとって歓迎されざる存在であることがわかっているからだ。

ローマンは罪悪感に駆られた。デイジーは女性にしてはしっかりしている。一度として涙やヒステリックなところは見せない。彼女に対する評価がまた一段階あがった。「けがの具合を診よう」

デイジーは必死で涙をこらえた。「お願いするわ。今以上にあなたの重荷になるのはいやだから」

その言葉にこめられた皮肉はあまりに明らかで、ローマンは罪悪感をつのらせた。彼はテーブルの上に置いてあった抗生物質のチューブに手をのばした。

「立ったほうがいいかしら？」

「そのままでいい」

ローマンはデイジーの背後に立ち、慎重に髪をかき分けて出血のもとになった傷を探した。すぐに頭のてっぺん近くに大きなこぶが見つかった。これなら、彼女が自分の名前を覚えていないのも不思議ではない。歩くことができただけでも驚きだ。

「さぞ痛むだろう」ローマンは抗生物質の軟膏《なんこう》を指にとりながら言った。デイジーは答えなかったが、ローマンが顔を近づけると彼女の息づかいが速くなったので、痛みに耐えていることはわかった。痛みを与えないように手当てができればいいのに、と願いながらローマンは彼女の肩にふれた。彼女の動悸《どうき》が激しくなるのがわかる。「すまない」

ローマンの静かな口調がデイジーを落ち着かせた。デイジーは目を閉じ、深く息を吸いこんだ。顔をあげると、前にまわったローマンが澄んだブルーの目でじっと彼女を見つめていた。

わたしは見知らぬ男性にすべてを預けているんだわ。デイジーは身をふるわせた。だがローマンのまなざしのなかのなにか——力強くしっかりしたなにかが、大丈夫だ、と告げていた。

「いいの、手当てはしてもらわなければならないんだもの」デイジーは両手を差しだした。

ローマンはソファをまわってデイジーの隣に座った。ふたたび彼女を意識してしまい、けがの手当てに気持を集中させろ、と自分に命じる。

「傷に番号をふる必要があるな」ローマンはそう言って、てのひらを調べはじめた。

「もしわたしが飛べるなら、木からおりるのはもっと簡単だったんだけど」

思いがけないユーモアに、ローマンは思わず笑い声をあげてしまった。応急処置を終えたとき、彼の口の端には、かすかに笑みが浮かんでいた。

笑顔のなかに、デイジーはローマンの素顔をかいま見た。その瞬間、彼女にとってローマンは不機嫌なキャビンの持ち主というだけではなく、ひとりの男性になった。それは危険な感情だった。命運を握られている男性を信用するには、わたしの人生に、まだあまりにたくさんの謎《なぞ》がありすぎる。

「もう大丈夫。本当にありがとう」デイジーは早口で言うと、皿とカップを手にキッチンへ向かった。

ローマンは、笑みを消して歩み去るデイジーを眺めた。五感のすべてが警告を発している。過去のある女はつねに問題の種だ。そして過去のない女は、最大級のトラブルを意味しているんだぞ、と。

ローマンは抗生物質のチューブをわきに投げ、玄関まで行くとドアを開けた。胸のうちを洗い流すように、冷たい空気を深く吸いこむ。

デイジーとはあと数日、一緒にいればいいだけだ。天気が回復したあと山からおろしてやれば、彼女はぼくの人生から出ていく。それで問題はないはずだ。

しかしそう考えても、ローマンの心は少しも晴れなかった。

夕食のとき、ローマンが暖炉で焼いてくれたウインナーと缶詰のビーンズは、これまでデイジーが食べたことがないほどおいしかった。デザートに、彼はホワイトクリームがはさまれたチョコレートクッキーの封を開けた。デイジーはそれを見ると、うれしそうにほほえんだ。

「まあ、わたしの大好物よ」そう言ったとたん、デイジーの顔の上で笑みが凍りついた。「どうして好物だなんて知っているのかしら？」

ローマンは座っている暖炉のそばからデイジーにクッキーを一枚渡し、自分のぶんも一枚とった。

「記憶喪失になっても、なにからなにまですべて忘れてしまうことはめったにないんだ」ローマンはクッキーを割って、ホワイトクリームをなめた。「そして小さなことから思いだすものさ」

デイジーの視線は、クッキーをゆっくりとなめるローマンの舌先にそそがれた。そのしぐさにはどこか誘うような気配があった。

早く目をそらしなさい。見つめていたのがばれてしまうわ。

デイジーはクッキーを口に入れた。豊かな、なじみのあるチョコレートの味が広がり、彼女はゆっくりと噛《か》んで味わった。それからローマンが渡してくれた二枚を食べ、さらに三枚食べた。

「ビールでも飲むかい？」ローマンは立ちあがりながら言った。

デイジーは驚いた顔になった。「あら、いいえ、飲まないわ。わたし、お酒は飲まない――」

ローマンは首を振った。「あまり考えこんじゃだめだ。最初に浮かぶ直感がいつだってベストなんだから。じゃあコーヒーか、ソーダでもどうだい？」

「コーヒーには遅すぎる時間だけど、ソーダは飲みたいわ。でも、自分でとってくるから……」

ローマンは反論せずに、床に腰をおろした。「けっこう。ついでにぼくにビールを持ってきてくれ」

デイジーは眉をあげたが、文句を言うのはこらえてキッチンへと向かった。ローマンは一日じゅうわたしの世話をしてくれたのだ。せめてビールぐらいは持っていってあげないと。それにしても、男性から命令されることを嫌うなにかが、わたしのなかには備わっているらしい。わたしのこれまでの人生は、いったいどんなものだったのかしら。

冷蔵庫に手をのばしたとき、ふいにシンクの上の窓が風にがたがたと鳴り、デイジーはびくっとして顔をあげた。ガラスのむこうには、暗闇《くらやみ》があるだけだ。パニックに襲われて、彼女は飲みものをつかむとリビングルームに急ぎ、暖炉の前で転びそうになりながら立ちどまった。「はい、ビールよ」

ローマンは黙ってビールの缶を受けとった。デイジーはソファに座ったものの、まだ落ち着かない様子だ。彼女はヒステリックにもならず、痛みに対しても忍耐力があるようなのに、暗闇を怖がる子供のようにキッチンから走って逃げてきた。彼はビールをひと口飲み、心地よい喉ごしを味わった。

「デイジー、きみが覚えていることを教えてくれ」

ローマンの言葉にデイジーは面くらった。しかしある映像が、すぐに脳裏に浮かんできた。

「木の上で目が覚めたの……けがをしていたわ」

ローマンは、デイジーが心のなかを隠そうとしているのではなく整理しようとしているのだと察して、次の言葉を待った。

デイジーはソーダの缶をわきに置き、両手を差しだした。「血……たくさんの血が流れていたわ。わたしは死ぬのかしら、と思ったことを覚えている」デイジーはぞくっと身をふるわせた。「落ちてしまうかとも思ったわ。木はとても高かったの」

そして、きみはとても小さい。

ローマンは、自分がデイジーに対して抱いているいたわりの感情に驚いた。誰かにやさしく接するなんてぼくらしくもない……マディを別にすれば。

「だが、きみはそこからおりたんだ」

デイジーはうなずいた。「ええ」そしてバッグと金のことを思いだし、顔をそむけた。

ローマンは職業柄、デイジーのためらいがはっきりとわかった。彼女はなにかを隠している。しかし今は、その問題をつきつめるのはやめよう。

「それからどうした？」

「歩きはじめたの」

「どうやって進む方向がわかった？」

「わからなかったわ。ただ、山の傾斜に沿って歩いたの」

頭のいい女性だ。だが、ローマンはただうなずいただけだった。

「キャビンを見つける前に、もう暗くなりはじめていたわ」デイジーは身を乗りだした。「ここの屋根が見えてどれほどうれしかったかわかる？　寒くってきたし、暗闇が怖くて……」

デイジーは無理に笑おうとしてみせた。

「すごく気味が悪いわ。言葉になって口から出てきてはじめて、自分に関するささいなことがらがわかるの。頭がおかしくなりそう」

ローマンはビールの缶を壁ぎわに置いて、デイジーに落ち着く時間を与えてから口を開いた。

「人間はつねに変化するものなんだ。自分自身についてすべてを知らないということも、珍しいことじゃないよ」

デイジーは背を起こし、ローマンをじっと見つめた。「でも、あなたが途方に暮れているところなんて想像もできないわ」

今現在ほど途方に暮れていると感じたことはないよ、とローマンはひそかに思った。「人間というものは、ときに自分で目隠しをつけることがあるんだと思う。それが、物ごとに直面する心の準備ができていないときに身を守る自然な方法なんだよ」

「ねえ、ローマン？」

ローマンは、デイジーの澄んだグリーンの目からのがれることができたらと願い、返事をするのをためらったが、仕方なく答えた。「なんだい？」

「あなたもなにかから逃げているところなの？」

ぼくは自分自身から逃げているだけさ。

しかし、ローマンはその質問には答えなかった。

風は夜のうちにやんだ。ローマンは、深い夢のない眠りから突然目覚めた。ベッドに横になったまま、今聞こえた音はデイジーだろうか、と耳を澄ませる。

しかし、あたりには静寂が漂っていた。ローマンは緊張をとき、また眠りに戻ろうとしたが、ふと静けさがキャビンのなかだけではないことに気づいた。

風の音がやんで、外も静かになっている。

嵐は去ったのだ！

ローマンはベッドから出るとジーンズに手をのばした。下に行くのは暖炉に薪《まき》をくべるためだ、と自分に言い聞かせながらも、デイジーの顔を見たいだけなのはわかっていた。

デイジーはまだ毛布にくるまって丸くなっていた。髪が額にかかっている。髪を払ってあげたいという衝動がまたしても強烈にこみあげてきたが、ローマンはその気持を抑えた。

暖炉の火が消えかけていたので、ローマンは何本か薪を投げ入れた。それから立ちあがってデイジーを見おろし、きちんと毛布がかかっていることをたしかめる。しかしその数秒後、彼はデイジーがいつのまにか自分を見つめていることに気づいて驚いた。

「すまない、起こすつもりはなかったんだ」

デイジーは口を開かなかったが、彼女の視線にさらされてローマンは落ち着かなかった。彼はぐっと歯をくいしばり、顎を引きつらせながら言った。

「寒くはないかい？」

「ええ、どうかしたの？」

やわらかく眠たげなその声は、ローマンの心に音楽のように響いた。彼が慎重に張りめぐらしていた心の壁が、崩れ落ちる危機にひんしている。

「嵐は去ったようだよ。暖炉に薪を足そうと思っておりてきたんだ」

「そう」

また長い沈黙がたれこめた。暖炉の熱がローマンの背中を心地よくあたためていたが、燃えあがりはじめていたのは彼の下腹部だった。

「眠るといい、デイジー」

デイジーは素直に目を閉じた。

ローマンは振り向かずに階段に向かい、ベッドに横になると目を閉じた。しかし神経が高ぶっていたせいで、ようやく眠れたのは夜明け近くになってからだった。料理のにおいがロフトに漂ってきた九時すぎになって、彼は飛び起きた。

寝すごしたことよりも、料理をつくるために下でデイジーが動きまわっていたのに、その音で目が覚めなかったことのほうが驚きだ。それほど彼女の存在を受け入れていたのかと思うと、彼は狼狽《ろうばい》した。

ローマンはベッドのわきに脚をおろしてブーツに手をのばしたが、ブーツの革は冷たくてかたく、暖炉のそばにおいておけばよかった、と後悔した。

ローマンは椅子の背にかけてあった黒いスウェットシャツをつかむと、頭からかぶって階段をおりはじめた。バスルームから出てきたときには、彼の髪は濡れており、顔には一日分のびた無精髭《ひげ》が水をはじいてきらきらと光っていた。

キッチンに入ると、ちょうどデイジーがオーブンからフライパンをとりだしているところだった。焼きたてのパンのようなにおいが食欲をそそる。

デイジーの赤いチェックのシャツの胸もとと、頬の片側に小麦粉がついていた。髪は束ねられていたが、カールしたほつれ毛が頬や首にふれている。

「ビスケットを焼いてみたの」デイジーはそう言ってフライパンを持ちあげてみせた。

ローマンは、なんとかほほえんでみせた。

デイジーの瞳は喜びで輝いている。「つくり方を覚えているか自信がなかったんだけど」彼女はフライパンを古い木のテーブルに置いた。「でも、あなたの言うとおりだったわ。あれこれ考えずにやれば、本能的に動けるものなのね」

ローマンは深呼吸をして、ようやく声を出した。

「きみが料理をする必要はなかったのに」

「わかっているわ。でも、あなたにはとても世話になったんだもの。せめてこれくらいは」

「しかしきみの手は……」

デイジーはほほえんだまま両手をあげてみせた。

「まだ少しこわばっているけど、あなたがつけてくれた軟膏は驚くほど効いたわ。痛みはもうほとんど消えたの」彼女はコーヒーポットに手をのばした。

「時間がなによりの薬だ、って本当ね」

ふと思い浮かんだその言いまわしを口にした瞬間、短いグレーの髪の男性の顔が、閃光《せんこう》のようにデイジーの脳裏をよぎった。しかし、そのイメージは浮かんだのと同じくらい素早く消えてしまった。

ローマンは、デイジーの肩が緊張でこわばるのを見て、彼女がまたなにか思いだしたのだということがわかった。「これからよくなるよ」

デイジーは涙をこらえてコーヒーをそそいだ。

「ビスケットについても、同じせりふを言われないですむことを願うわ」

またしても、深刻な状況にありながらのデイジーのユーモアに、ローマンは笑い声をもらした。

ローマンの表情の変わりようは驚くほどだ。冷たい顔をしていたかと思うと、急に魅力的になる。デイジーは皿を並べることに気持を集中させた。

ふたりは一緒に朝食を食べたが、お互いにもの思いにふけっていたのでほとんど会話は交わさなかった。嵐は過ぎ去っていたけれど、空模様からすると別な嵐が近づいているようだ。ローマンは電話を二度かけてみたが、聞こえてくるのは雑音だけだった。

もしデイジーが覚えている記憶の断片が真実ならば、彼女が乗っていた飛行機にはほかにも乗客がいた可能性がある。ローマンはずっとそう考えつづけていた。警察は、彼女の素性だけでなくどの飛行機が墜落したのかも特定する必要があるはずだ。しかし雪のせいで、彼が通ってきた道はすっかり覆い隠されている。電話が使えないとなると、天候が回復するのを待つ以外に手はない。

4

救急搬送用のヘリコプターが到着したとき、デイビス・ベントンはデンバー病院の屋上に立っていた。彼はゴードン・マロリーの飛行機が墜落したことを知って以来、ずっとこの瞬間を待ちつづけていた。娘がその飛行機に乗っていたからだ。墜落のあと襲った嵐《あらし》のせいで、一日半のあいだ捜索は不可能だった。今回のことはデイビスの人生のなかで、金持であることがなんの役にもたたない、数少ない事態のひとつだった。彼はその気になればこの病院を買うことだってできる。いや、同じ規模の病院を一ダース買ったところで、彼の財産は少しも揺るがないだろう。それなのに墜落した飛行機を捜索するよう、ひとりのパイロットさえも説得することができなかった。

デイビスはおとといからデンバーに滞在し、捜索が始まるのを待っていた。ホリーは彼のひとり娘、唯一の子供だった。親密な親子のつもりだったが、娘が自分に断りもなくマロリーとの旅行を計画していたという事実に、まだ心の整理をつけかねていた。

ヘリコプターがおりてくると、デイビスは目を細め、コートの襟を喉もとに引き寄せた。あらかじめ彼に告げられていたのは、三人を運んできたということだけだった。ふたりは重傷を負っていて、残りのひとりはすでに死んでいるという。ヘリコプターが近づいてくると、彼の心臓は喉から飛びだしそうになった。

かつて、はじめての子供の誕生を待ちながら、デイビスは幸せな父親の気持を味わっていた。だが、出産直後、妻のマーシャは亡くなってしまった。それでも彼はなんとかこれまで生きてきた。しかし、もしホリーまで奪われてしまったら、どんなに金を持っていてもなんの意味もない。

ヘリコプターが着陸すると、最初に浮かんだ衝動はそれに向かって駆けていくことだった。しかし救助隊によってなかからストレッチャーがおろされると、デイビスは自分が動けなくなっていることに気づいた。

病院のスタッフたちがデイビスのわきを走りぬけていく。彼の視線はうつろで、人の親のみが知りうる恐怖に凍りついている。彼は近づいてくる最初の被害者の姿と顔に釘《くぎ》づけになった。

それが男性だとわかると、デイビスの心は沈んだ。生存者はあとひとりだけということになる。

「神さま、お願いです」デイビスは自分がそうつぶやいているのに気づき、あふれてきた涙をこらえようと乱暴にまばたきした。

ふたつめのストレッチャーが運びだされた。近づいてきたところで、彼は血まみれの顔がゴードン・マロリーであることに気づいた。

その時点で、デイビスの脚はぐらぐらになった。最後のストレッチャーが運びだされたとき、彼はじっと立っていることしかできなかった。覆いのかけられた遺体が病院のなかへ運ばれようとしているのを見て、気を失いそうになる。

立ちつくしたまま、デイビスは自分に言い聞かせた。わたしには、娘をたしかめる義務がある。

「待ってくれ！」デイビスは自分の横を通り過ぎようとしている救助隊員たちに呼びかけた。

救助隊は立ちどまった。彼らの顔は、疲労と寒さで険しかった。

「お願いだ」デイビスは、遺体のほうによろよろと近づきながら呼びかけた。「わたしの娘……娘を見たいんだ」

いちばん近くにいた隊員が答えた。「この方は女性ではありません。男性です」

デイビスの手はふるえはじめた。「じゃあホリーは……ホリーはどこだ？」

「残念ですが、墜落現場に女性はいませんでした。飛行機から収容したのは、男性三人だけです」

デイビスは、救急隊員たちに押しのけられるようにしてわきにさがった。なんてことだ！　彼らは娘を発見できないまま戻ってきたというのか！

ホリーが血を流しながら墜落地点付近をさまよい歩き、どこか雪の下に埋まっている姿が思い浮かんだ。デイビスは目を閉じて祈った。「あの子を助けてください、神さま」

デイビスの心はぐるぐると渦巻いた。救助隊を現場に戻らせなければ！　しかし、彼らは女性が搭乗していたことを知っていたはずだ。できる限りの捜索をしたであろうこともわかっている。残っていたかもしれない手がかりは、おそらく雪に埋もれてしまっただろう。絶望的な状況が明らかになるにつれ、彼の胸は締めつけられた。

それからデイビスはある事実に気づいた。そうだ、ゴードン・マロリーが生きている！　彼が答えを知っているはずだ。デイビスは駆けだした。

午後から雪が降りつづいていた。ローマンが恐れていたとおり、嵐はなかなか去らなかった。

ふたりは午後のあいだほとんど口をきかずに過ごした。デイジーはひと眠りしようとして、ローマンは本を読んでいるふりをした。

そのあと、ローマンが夜に備えて薪《まき》を集めているあいだにデイジーは姿を消した。水音が聞こえたのでバスルームに行ったことはわかったが、一時間たっても戻らないので、彼は心配になってきた。二度ばかり、呼びかけようとドアの前まで足を運んだが、適当な理由が思いつかぬままにやめてしまった。

ローマンがキッチンにいると、廊下からデイジーの足音が近づいてきた。背中がぞくりとしたが、彼はそこから動かなかった。その代わりにじゃがいもを手にとり、水で洗いはじめる。

「なにか手伝うことはある？」デイジーが尋ねた。

「いや」ローマンは振り向かずに答えた。

「おふろに入って、少し洗濯をしたの」

それであんなに時間がかかっていたのか。たしかに服は、枚数に限りがあった。

「お湯につかっていると気持よかったわ。体じゅうの筋肉から痛みが消えていくみたいで。それに悪いけど、あなたのスウェットシャツも借りたわ。体を洗ったあとで、それまでと同じ服を着るなんて耐えられないでしょ？」

ローマンは振り向いた。それまでこすっていたじゃがいもが、彼の両手からシンクに落ちた。

「ぴったりは合わないけど、あなたが貸してくれたほかのシャツよりあたたかいわ。それと、下着を乾かしたいから暖炉のそばに干させてもらうわね」

薪を足すために暖炉に行くたび、下着をよけることになるのか。いやはや、けっこうなことだ。あのいまいましいデイジー模様のパンティとブラジャーは、夜の娯楽をもたらしてくれそうだな。

ローマンは乱暴に水をとめると、じゃがいもに何か所か穴を開け、洗ったばかりのもうひとつも同じようにしてオーブンに投げこんだ。

ローマンは、無理やりこのキャビンに来させたロイヤルと金輪際絶交することを考えながら、鉄のフライパンをレンジにたたきつけるように置いた。

しかしデイジーが目にほほえみをたたえてキッチンに戻ってくると、ローマンのいらだちは濡《ぬ》れたマッチのようにしゅっと消えた。ぼくが来なかったら、彼女はどうなっていただろう？　おそらく凍え死んでしまっていたにちがいない。彼女の命と比べれば、下着をよけるくらいのささやかな不便さがなんだ？　それにぼくは立派なおとなで、セックスに飢えたティーンエイジャーではない。もしデイジーが長身ですらりとしたブロンドなら、話は違っていたかもしれないが。ローマンは、彼女が好みのタイプではないことを自分に思いださせた。彼女は、安全きわまりない相手だ。そうだろう？

デイジーは夢のなかで泣いていた。

もちろんその泣き声はローマンには聞こえなかったので、彼はデイジーが夢のなかで地獄へと連れもどされていることに気づかぬまま、ベッドのなかでもどかしげに寝がえりを打っていた。

ホリー・ベントンがタクシーをおりると、滑走路には熱い空気がたちこめていた。自家用飛行機が、ゴードンが言っていたとおりの場所にとまっている。彼女は腕時計に目をやった。少し早く着いてしまったが、かまわない。行かないことに決めた、とゴードンに告げるのには、たいして時間はかからないはずだ。たしかに彼はいい人で、ラスベガスでとてもよくもてなしてくれたが、ホリーの胸を高鳴らせてはくれなかった。生まれてからずっと、ホリーは父親から、どれほど母親を愛していたか、声を聞くだけでどんなに胸が高鳴ったかを聞かされてきた。彼女もそんな恋がしてみたかった。しかしゴードンが相手では、そのようなことは起こりそうにない。

ホリーはタクシーの運転手のほうを振り向いた。

「ここで待っていて。すぐに戻るわ」

ホリーは滑走路を横切って歩きだした。

ステップをのぼりはじめるとすぐに、飛行機のなかからゴードンの大きな声が聞こえてきた。つきあってきた三カ月のあいだ、彼が声を荒らげたのを見

たことなど一度もない。ホリーは声をかけるのをた
めらい、結果的に、そのためらいが彼女の人生を永遠に変えることになった。

「ちくしょう、ビリー、今ごろになって臆病《おくびょう》風に吹かれるなんて、遅すぎるぞ」

「知るもんか。ぼくは人を殺す約束をした覚えはない」

ゴードン・マロリーは鼻を鳴らした。「カール・ジュリアンのやつは、六カ月以上カジノのあがりをくすねていたんだぞ。あいつの金庫に隠してあった百万ドルはボスの金だ。あいつが金を持っていたことは誰も知らない。だから盗まれたからって通報するはずがないんだよ。だいいち、警察になんて言うんだ？　おれがくすねていた金が盗まれてしまって、とでも言うってのか？」ゴードンは、ビリーの頭を平手で強くたたいた。「もしおまえがちゃんとやるべきことをやっていたら、金庫の前でジュリアンと鉢あわせするなんてことはなかったはずなんだ」

「誰にも言わない、とあいつは誓ったじゃないか。殺す必要なんてなかったんだ」ビリーは小さくつぶやいた。

「おれは証人は残さない」

ホリーは喉から心臓が飛びだしそうだった。警察に知らせなければ。あわてたせいで、バッグのストラップが手すりに引っかかった。それを引っぱったはずみで、中身がすべてステップに散らばってしまった。彼女は恐怖にかられて、開いた搭乗口を見あげた。

ゴードンが搭乗口に出てきた。その後ろにビリーの顔も見える。

ゴードンはホリーの顔をひと目見て、話を聞かれたことを悟った。ホリーがステップを駆けおりはじめると、彼はそのあとを追いかけて彼女の腕をつかんだ。「スイートハート、どこに行くつもりなんだ

い？」

冷静にふるまうのよ、とホリーは自分に言い聞かせた。なにか適当な嘘《うそ》をつかないと。彼女はタクシーのことを思いだし、無理に笑みを浮かべた。

「タクシーに払う小銭がなくて。ステップをあがる途中でバッグが手すりに引っかかって、こんなことになってしまったの」

ゴードンはタクシーを指さした。「ビリー、おれがホリーをなかに案内しているあいだに、金を払ってこい」

ああ、どうしたらいいの？　ホリーは深呼吸してから、額にてのひらを強く押しつけた。

「待って」ホリーは落ち着きをとりもどそうとした。「わたしはあなたに気が変わったことを伝えに来たの。やっぱり、ナッソーに行く気分になれなくて」

ゴードンの顔に暗い笑みが浮かんだ。「ホリー、おれがきみをその気にさせてやるよ」

「でも荷物が――」

「これから行くところでは、それは必要ない」ゴードンは小さくささやいた。

「彼女をどうするつもりだ？」ビリーが言った。

ゴードンの笑みはいっそう暗くなった。「彼女は行きたくないそうだから、一時間ばかり考えなおす時間をやろう」彼はホリーの腕を握る手に力をこめた。「もしそれでも行きたくないと言うなら……そうだな、おれとしては女性がいやがることを無理じいするのは気が進まない。だから飛行機からおろしてやるまでさ」

ホリーの心臓がどきんと打った。

「だけどゴードン、一時間後にはぼくたちは空の上だ」ビリーが抗議した。

「そのとおりだ」ゴードンはホリーが助けを求めて叫ぶよりも早く、彼女を機内へと連れこんだ。

デイジーは必死に息をしようとしていた。枕《まくら》の上で、頭を左右に激しく振る。夢のなかの彼女は目隠しをされて目の前は真っ暗で、鼻の下からはガムテープの革のようなにおいがしていた。

飛行機が飛び立って四十五分が過ぎていたが、そのあいだビリー・マロリーは、床に転がっている女性からほとんど目を離すことができなかった。

「ゴードン、どうして彼女に薬を盛るだけじゃだめなんだ？　彼女が気がつくまでに、ぼくたちは国外に脱出できるじゃないか」

「知っているだろう、おれは証人は残さないんだ」ゴードンは言った。

しかしビリーはゆずらなかった。「彼女が誰なのかを考えてくれよ。もし彼女の身になにかあったら、彼女の父親は犯人を見つけるためにあらゆる場所を捜してまわるだろう。ぼくたちは永遠に逃げていなきゃならなくなるんだぞ」

顎にゴードンのこぶしがめりこみ、ビリーは後ろにのけぞってホリーの脚の上に倒れこんだ。

「きっと後悔するぞ」ビリーは唇の血をぬぐいながら言った。

「もう後悔してるよ。おまえをこういう大きなやまに引っぱりこんだおれがばかだった」

ゴードンはコックピットに入って後ろ手にドアを閉めた。

ビリーは立ちあがると、ホリーを見おろした。目隠しの下から流れ落ちている、ふた筋の涙が見えた。その瞬間、彼は自分に考えなおすいとまを与えずに、ホリーの目隠しとテープをはずして立たせた。「静かにしてくれ、さもないとぼくたちはふたりとも命がない」

ホリーは恐怖で目を見開きながらも言われたとおりにして、ビリーが近くの戸棚からパラシュートをとりだすのをじっと見つめた。

「いったいどうするつもり……」

ビリーはパラシュートをホリーの体につけ、なにをすべきか手短に説明した。

「飛びおりたあと十まで数えたら、これを引くんだ」

ホリーは肩越しに背後を見やり、それから前のストラップを両手でなぞって、扱い方をたしかめた。

ビリーはふるえる手で近くのダッフルバッグをつかみ、ホリーの首にかけた。「さあ、これを」

「なにが入っているの？」

「ぼくたちにこんな面倒をもたらした原因だ。ぼくはもうこれ以上罪を重ねるのは耐えられない。きみは警察にありのままを話せばいい。ぼくは、もう一度地面におりることができたらまっとうな人間になる、と神さまに誓うよ」

突然、ふたりの背後からゴードンの怒りの叫びが聞こえた。

ビリーは搭乗口のドアレバーを必死にまわした。ドアは瓶からコルクが飛びだすように、はじけて開いた。たちまちキャビンに冷たい強風が吹きこんで、機内は大混乱になった。

機内の気圧がさがり、新聞が一枚、ホリーの顔にぶつかった。彼女は飛行機から空中へとほうりだされ、壊れた人形のようにまっさかさまに落ちていった。バッグが首を締めつける。回転して顔が上を向いた瞬間、それまでいた場所が目に入った。ホリーのあとからいろいろなものが飛行機から落ちてきて、紙吹雪のようにひらひらと舞っているのが見える。

耳のなかで吹き荒れる風と迫ってくる地面の光景に、ホリーは正気をとりもどした。目を閉じ、十まで数えると、バッグが顔にぶつかってきたと同時にパラシュートのストラップを引いた。

夢のなかでパラシュートが開くのと同時に、デイジーはソファから床にすべり落ちた。目を開けた瞬間に夢のなかの記憶は消えたが、逃げなくては、という本能だけがまだ残っていた。わけのわからぬまま悲鳴をあげると、彼女ははうようにして立ちあがり、ドアから外へ飛びだした。

猛烈な寒さが襲いかかってきた。ポーチから転げ落ちて雪の吹きだまりに頭からつっこむと、現実が戻ってきた。叫ぼうとして口を開けたとたん、口のなかは雪でいっぱいになった。必死にもがけばもがくほど、吹きだまりの深みにはまりこんでいく。デイジーはパニックに襲われた。恐怖が心の奥深くにくいこんでくる。目の前にあるのは闇《やみ》だけで、くぐもった風の音以外はなにも聞こえなかった。

悲鳴を聞いて、ローマンは即座に飛びおきた。階段を途中までおりたところで、デイジーがドアから外に飛びだしていくのが見えた。

「デイジー！　だめだ！」

ローマンは階段を駆けおりて、ドアに飛びついた。彼の動悸《どうき》は激しくなった。もし彼女を見失ったら、見つけだす前に凍死してしまう。

ローマンは戸口でデイジーの名前を叫んだ。しかし、その声は風にかき消された。ドアの内側に手をのばしてスイッチを押すと、ポーチは弱い明るさに満たされた。

そしてローマンは、ポーチのすぐ下の雪だまりに暗いくぼみがあるのを見つけた。デイジーは吹きだまりに転げ落ちたのだ！　彼はポーチをおりると胸の高さまでの雪のなかに飛びこんだ。

ローマンは必死に雪をかき分けはじめた。少しして、なにかのかたまりに手がふれた。デイジーだ。

ローマンはなおも雪を掘って彼女を助けだそうとした。風が降りしきる雪を自然の武器に変え、彼の頬を切り裂き、目を刺した。

ふいにローマンの手首をデイジーの手がつかんできた。少なくとも、彼女は意識がある。ローマンは力をこめて雪を掘り、立ちあがったときにはデイジーを腕のなかに抱きあげていた。

ポーチに戻ると、よろけるようにしてキャビンに入った。ローマンはデイジーを胸に抱きしめながら、まだ燃えさかっている暖炉のほうに向かう。

「デイジー、ぼくの声が聞こえるかい？」

デイジーは答えなかった。彼女はふるえ、目は閉じたままだ。雪が彼女の肌や髪、それに服にこびりついている。

ローマンはふるえる手でデイジーをソファの上におろした。彼はひざまずき、一瞬目を閉じて、額をソファのクッションに押しつけた。そして、彼女が遠くまで行っていなかったことを神に感謝した。

デイジーが目を開けると、ローマンが横にひざまずいているのが見えた。頭が混乱しているが、悪夢は去っていた。「なにがあったの？」

ローマンは、息を吸いこんで顔をあげた。「きみはささやかな深夜の散歩に出かけていったんだ」

デイジーの目が丸くなった。そのときはじめて、彼女はふたりともずぶ濡れなのに気がついた。「なんてこと」彼女はローマンに手をのばし、額にはりついた黒髪にふれ、それから手首を握った。「あなたに命を救われたのね」

ローマンは首を振った。「そんなことはどうでもいい。さあ、ふたりとも肺炎にならないうちに、乾いた服に着替えよう」

デイジーは立ちあがろうとした。

「火のそばにいるんだ」ローマンは命じた。「バスタブにお湯をためてくる。できるだけ早く体をあたためないと」

「でもあなたは？」デイジーはローマンのむきだし

の脚と胸を見つめて言った。

「ぼくは大丈夫だ。もっとひどい状況でも生きのびてきた。これくらいのことは平気さ」

デイジーはぞくっと身をふるわせながら、ローマンが歩み去っていくのを見つめた。彼の人生に転がりこんで、自分がどれほど幸運だったかを噛《か》みしめた。この男性には、敬意に値するなにかがある。

ローマンが戻ってくるのを待っているあいだ、デイジーはベッドの下に隠してあるお金のことを考えつづけていた。彼はわたしに、とてもよくしてくれている。でもあのことを知ったら、どう考え、どういう態度をとるだろう？　デイジーは身を乗りだし、膝に肘をのせて両手で顔を覆った。

炎が燃えさかっている。すでに乾いていた下着の代わりに、濡れた服が炉棚の上に干されていた。朝までには、服は乾くはずだ。しかしデイジーにとって、この出来事は本当の意味では終わりそうになかった。生き埋めになりかけた恐怖は決して忘れられない。それに、腿にローマンの手があてられたときにこみあげてきた安堵《あんどかん》感も。

両手でコーヒーカップをもてあそびながら、デイジーはゆっくりと燃えつづける炎を見つめていた。まだ朝の四時半だったが、もう眠らないでおこう。嵐のなかへ自分を飛びださせたなにかを再現させることだけは、なんとしても避けたい。

背後の廊下で音がした。ローマンの声が沈黙を破ると、デイジーの脈はより速いリズムに変わった。

「まだ寒いかい？」

デイジーは首を振り、ローマンがソファの端に腰かけるのを眺めた。素早くコーヒーをすすり、自制心を失わぬようにつとめた。

ほんの三日前には、ローマンという男性がこの世にいることすら知らなかった。それが今、彼は人生でいちばん大切な存在になっている。デイジーは、それを自分が陥った苦境のせいでしかない、と言い聞かせようとした。自分が誰でどこにいるかもわからず、生きるために彼を避難所として必要としているだけだ、と。

　これまで、デイジーはローマンのぶっきらぼうで頑固な側面を目にしてきた。しかし何度もくりかえし思い浮かぶのは、彼のやさしさと気配りだ。それと、あのたまらない笑顔。わたしが去ったら、彼はわたしのことなど忘れてしまうだろうか？　わたしは、おそらく彼を忘れられないと思うのに。

　一方ローマンは、デイジーを抱きしめたい思いと闘っていた。その感情は、もうかなり前から心の片隅にある。おそらく、パンツの裂け目にデイジーが咲き誇っているのを目にした瞬間からずっと。

　知りもしない女性のことを気づかっているなんて、ぼくには考えられないことだ。その行為の愚かさについては考えまいとしたが、それは無駄な抵抗だった。彼女の存在からのがれることのできる場所などない。彼女が部屋にいないときでさえ、そのにおいが春の新鮮な息吹のように居座っている。

　ローマンは、デイジーが誰かの妻である可能性も考えていた。もしかしたら子供だっているかもしれない。あるいは、彼女の消息を必死になって捜している恋人がいるかも。永遠に記憶をとりもどさないでほしい――ふたりが出会った瞬間から彼女の人生が始まったことにしてほしい。そんな自分勝手な思いがローマンにはあった。

　デイジーが体を動かしたので、ローマンは顔をあげた。ふたりの視線が合い、そのままからみあってはずせなくなった。沈黙だけが流れていく。

　ローマンはデイジーの目を見つめつづけた。それから視線を彼女の口もとへ、そして唇の端の治りかけている切り傷へと動かした。

デイジーは自分が息をとめていることに気づかぬまま、ローマンの次の動きを待った。

ローマンの胃は締めつけられていた。デイジーの目には見間違えようのない感情が浮かんでいる。しかし、どうしてそんな感情がめばえたのかはわかっているつもりだ。数日間のうちに、彼女は一度ならず死にかけた。そうした体験をすると、人生の大切さを思いださせてくれるなにかにすがることがよくあるのだ。たとえば、誰かの腕のなかに身を預け、自分自身の鼓動が鳴り響くのを感じ、体と体がふれあう感触を味わうようなことに。ふさわしい相手とならば、天国になりえるだろう。しかし間違った相手を選ぶと、人生で最大の過ちとなりかねない。ローマンは歯をくいしばり、雰囲気を変えようとした。

「もう少し眠ったほうがいいんじゃないか?」

デイジーはローマンの顔から目を離さなかった。

「眠るのが怖いの」

「もし同じ騒ぎを起こすのが怖いのなら、ぼくと寝場所を交換してもいい」

デイジーは首を振った。彼女の口調には、ローマンがそれまで聞いたことのない響きがあった。

「眠る必要はないわ」

ローマンは身を乗りだした。「それなら、きみに必要なものはなんだ?」

デイジーは息がつまった。言うのよ。たったひとことじゃない。必要なのは……あなた。あなたが必要なの。しかしその言葉は彼女の口から出てこなかった。

デイジーは身をふるわせ、それから膝を胸に引き寄せた。なにか言わなければ。なんでもいいから、ふたりのあいだに漂う緊張感をやわらげることを。

「わたしに話して」デイジーはそっと言った。「ローマン・ジャスティスについてのすべてを」

「たいして話すことはないな」

「それなら少しでいいから話して」

デイジーは頑固だ、とローマンは思った。それは認めよう。「ぼくは三人兄弟の末っ子で、両親はすでに亡くなっている」

デイジーはため息をついた。わたしも自分のことがこんなふうに話せたらいいのに。

「どうして私立探偵になったの？」

「ぼくは自分のボスになりたかった。それに軍隊で教わった技術を生かせる仕事がしたかったんだ」

デイジーは眉をひそめた。「どういうふうな？」

「隠れるところのない場所での隠れ方、とかね」

「わたしにもそれを教えてくれる？」

ローマンは鋭く目を細めた。「どうして隠れたいと思うんだ？」

デイジーは大金の入ったバッグのことを思い浮かべ、それからローマンの顔を見つめかえした。もし彼を信じるべきときがあるとしたら、それは今だ。

5

「ローマン？」

「なんだい？」

「あなたにまだ話していなかったことがあるの」

ローマンは凍りついた。「それなら話してくれ」

デイジーの心は沈んだ。ローマンの声に警戒の響きが戻っている。彼女はソファから立ちあがった。

「どこに行くんだ？」

「そこで待っていて。すぐにわかるから」

デイジーが階段をのぼりはじめたところで、ローマンは立ちあがった。

踊り場で振り向いたデイジーの顔を見て、ローマンはそこに本物の後悔が浮かんでいるのを確信した。

デイジーはすぐにバッグを持って階段をおりてくると、それをローマンの足もとにほうり投げた。

「なにが入っているんだ？」

「自分で見て。でも、どこから来たものかはきかないで。わたしが知っているのは、やっとの思いで木からおりたときに、近くの地面にそれが落ちていたことだけ。このバッグを首にかけて飛行機から飛びおりた記憶はぼんやりと残っているけど」

「いったいどんな秘密があるんだ？　もしきみにとってそんなに重要なことなら、どうしてもっと早くぼくに言わなかったんだ？」

デイジーは、これから口にしようとしていることに対するローマンの反応を推しはかりながら、深呼吸をした。

「これよりもっと少ないもののために、人が殺されることもあるわ。わたしはあなたがどんな人かわからなかった。命を失うのが怖かったの」

「どういう意味かさっぱりわからないよ」ローマンはそうつぶやくと、かがんでバッグを開けた。

中身を見て、ローマンの心は一気に沈んだ。なんてことだ。これほどの大金を持っているなんて、正当な理由などありえない。そしてデイジーの言葉のなかで正しかったことがひとつある。たしかにこれより少ない金額でも、間違いなく人を殺す動機になる、ということだ。

デイジーは息をのんだ。ローマンはあまりにも冷静すぎる。顔をあげた彼の瞳のなかの炎が、彼女の魂を焼きこがした。

「これはきみのものかい？　それとも盗んだものか？」

ローマンの口調はデイジーの心を切り裂いた。涙で視界がくもったが、彼女は顔をそむけまいとした。

「わからないわ。知っていたらどれほどいいかと思うけれど、わからないの」

「百万ドル近くあるな」

デイジーは肩をすくめた。「数えたくもないわ」

ローマンはジッパーを閉め、バッグをデイジーのほうに向かって蹴《け》飛ばすと立ちあがった。「どうやら、きみのことはボニーと名づけるべきだったな。どこかにきみのことを捜しているクライドがいることは間違いない」

デイジーの頬を、涙がゆっくりこぼれ落ちた。「こんなもの欲しくないわ。どこでもいいから持っていって。外に捨ててもかまわない。それを見てもいやな気分にしかなれないから」

ローマンはデイジーがソファに戻って横になり、毛布を頭からかぶるのをにらみつけた。「隠れたってなんにもならないぞ」

返事はなかった。

ローマンはバッグに視線を戻して悪態をついた。彼女はいったい、ぼくがどうすることを期待しているんだ？「クローゼットのなかに入れておく」

デイジーは毛布の下から言いかえした。「暖炉に投げこんでもいいのよ。次に火をおこすときに使うといいわ。さもなければ、バスルームに持っていって、トイレットペーパーに使いなさいよ。とにかく、わたしの目の届かないところにやって」

ローマンはバッグをクローゼットに投げ入れ、ポケットに両手をつっこんだ。「デイジー、ぼくと話すんだ」

デイジーは顔を出した。目からは涙がこぼれ落ち、唇はふるえていた。「あなたは話したいんじゃなくて責めたいんでしょ。わたしはあなたが思っているとおりの悪人で、なにを言われようが仕方ないのかもしれないけど、今はそんな気分じゃないの、わかる？　猛烈に腹がたっているのよ。それに、なにも思いだせないのになにをどう話せと言うの？」

「とにかく、すまなかった」ローマンは言った。

「そうよ、それにわたしは……」答えが舌の先まで出かかった。もし自分のしゃべっている言葉を意識しなかったら、きっとそのまま口から出ていただろう。「ああ、ローマン、わたしの名前……あとちょっとで言えたのに」

ローマンは首を振った。もし嘘《うそ》をついているのだとしたら、彼女はたいした役者だ。

「時が来れば思いだすさ」

薪《まき》が一本崩れて灰のなかに落ち、火の粉が舞いあがった。デイジーはもはや誰も、なにも信じられなくなっていた。彼女はソファの上で寝がえりを打って火に背中を向け、目を閉じた。

デイジーはぼくを、そしてこの状況全体を拒絶している。それは当然だ。探偵としてのローマンは、彼女がこんな大金を持っていた正当な理由を考えだそうとしていた。だが頭に浮かぶのは、非合法なシナリオばかりだ。

ローマンはいらだって髪をかきむしりながらキッチンに向かった。アルコールが必要だ。しかし、彼は代わりにカフェインをとることに決めた。

少しして、コーヒーの香りがキッチンを満たした。数分間のあいだに、ローマンは考えていた。もしデイジーが秘密を打ち明けるほどぼくを信用していなかったら、ぼくはまだあそこに金があることを知らないままだったはずだ。それに、彼女がバッグの存在を話すことをためらったのは当然だ。もしお互いの状況が逆なら、ぼくも同じようにふるまっていただろう。

背後でくぐもった音がした。ローマンが振り向くと、デイジーが戸口に立っていた。

「ローマン、あなたへの依頼料はいくらなの?」

口もとに笑みが浮かびかけたが、ローマンは真顔になって答えた。「それは個人的なサービス、という意味かな、それとも仕事の依頼?」

「ちゃかさないで」デイジーはつぶやいた。「わたしは真剣なのよ」

「どうしてそんなことをきくんだ?」

「あなたを雇いたいからよ。わたしが誰で、どうしてあのお金を持っているのかつきとめるのを手伝ってほしいの」

ローマンは肩をすくめた。「きみが自力で記憶をとりもどす可能性も充分あるんだよ」

しかしデイジーは引きさがらなかった。「思いださない可能性も充分にあるわ。引き受けてくれるの、くれないの?」

ローマンはため息をついた。デイジーにはロイヤルを思わせるところがある。こうと決めたらてこでも動かない。「引き受けるよ」

「これで解決ね」デイジーはそう言うと部屋を出ていった。

違うぞ、デイジー。まだ解決したわけじゃない。これは始まりにすぎないのだ。

デイビス・ベントンはなにかにとりつかれた男のように、病院の廊下をうろついていた。ゴードン・マロリーの意識はまだ戻らない。そのあいだに、嵐《あらし》が次々に襲いかかってきて、墜落地点の捜索ははばまれた。彼は娘が留守番電話に残したメッセージを、心のなかで何度も思いかえしていた。

〝お父さん、ゴードンと二、三日ナッソーに行ってくるわ。太陽の下で楽しんでくるつもり。むこうに着いたら連絡するから。元気でね、愛しているわ〟

デイビスは自動販売機にコインを押しこみ、コーヒーが出てくるのを待つあいだ、額を自動販売機に押しつけていた。まだ完全には望みを捨てていなかったが、心のどこかにすでにあきらめが忍びこんできていた。もし生きた娘を見つけられなくても、少なくとも安らかな場所に眠らせてやりたい。

「デイビス・ベントンさんですか？」

デイビスは、紙コップの縁からコーヒーを飛び散らせながら振り向いた。「そうだが」

「一緒においでください」看護師が言った。「待っていらした患者さんの意識が戻りました」

「ありがとう、神さま」デイビスはつぶやくと、コーヒーをくずかごに投げ捨てた。

デイビスがゴードンの病室のドアの前に来たとき、なかから医師が出てきた。

「あまり長くはだめです」医師は言った。「まだ目覚めたばかりですから、すぐに疲れてしまうでしょう。娘さんが行方不明になっているという事情がなかったら、面会は許しませんでした」

「わかっています。ご配慮に感謝します」デイビスはそう言って病室のなかに入った。

ゴードン・マロリーが目覚めて最初に思ったのは、けがぐらいですんでよかった、ということだった。ビリーが飛行機の扉を開けたあと、機内は大混乱になった。機体は突然急降下を始め、ビリーともみあっている場合ではなくなった。

パイロットが操縦席でうつぶせになっている姿を見たときが、人生で二番めにひどい瞬間だった。最悪だったのは、ホリーが金と一緒に外へ飛びだしていくのを見た瞬間だ。ゴードンは死を意識した。するとビリーが副操縦士席にはいのぼって機体を制御し、彼を驚かせた。

パイロットがうめき、胸を押さえこんでいるあいだにも、飛行機は高度をさげつづけていた。ゴードンさえもが祈りの言葉を口にした。飛行機は二度、山腹に激突しかけてかろうじてかわし、そのたびにビリーが高度を修正した。しかし機体が木のてっぺんをかすめだしたとき、彼らは最悪の事態を覚悟した。

飛行機はふたつの頂にはさまれた谷に落ちた。胴体で木や茂みを削りとりながら、地面に激突したのだ。

すべての動きがとまったあとの沈黙は、その前の時間と同じくらい恐怖をかき立てた。あとには、もれでる蒸気の音と、こぼれ落ちる燃料の危険なにおいだけが残った。

ゴードンは、逃げようとして脚の感覚がなくなっていることに気づいた。なにかの残骸《ざんがい》にはさまれているのがわかったのは、翌朝になってからだ。

ビリーはコックピットに閉じこめられており、まだ生きていたが、声の様子からするとひどいけがを負っているらしかった。彼は数時間のあいだゴードンの呼びかけに答えていたが、朝には周囲の森と同じように静かになってしまった。ゴードンは救助隊が来てくれる望みを抱きつづけたが、やがて雪が降りだした。そのあとは、時間の観念を完全に失った。

救助隊がキャビンに入ってきたとき、ゴードンは夢を見ているのかと思った。機外に運びだされてから はじめて痛みを感じはじめ、自分が助かったのだとわかった。それから彼の全神経は、一刻も早く回復してホリーを見つけだすことに向けられた。彼女のいるところにおれの金もあるはずだ。彼女が飛びおりた場所は見当がつく。

そしてゴードンは、ホリーが死体で見つかるであろうことを確信していた。ビリーが彼女の背中にパラシュートをつけ、首にダッフルバッグをかけたときに、運命が定まったも同然だった。きっと、バッグがパラシュートが開くのをじゃましたにちがいない。たとえパラシュートが開いたとしても、バッグのせいで窒息しただろう。いずれにしても、自分がすべきことは、金をとりもどすことだけだ。

そのとき、デイビス・ベントンが病室に入ってきた。ゴードンはたちまちパニックを起こしかけたが、彼にはなにも知るすべはないのだ、と思いなおした。真実を話せる者は誰ひとり残っていないのだから。

「ゴードン、きみが助かってよかった」

ゴードンは深呼吸をして、その動きがもたらした痛みにうめいた。

「動いてはだめだ」デイビスは言った。「わたしが話す、いいね？」

ゴードンは、わかった、というふうにまばたきをした。デイビスには、実際よりも具合が悪いと思わせておいたほうがいい。

「ホリーが見つかっていないんだ。娘がどうなったか知っているかね？」

ゴードンはうめいた。ああ、もちろん知っているさ。「わかりません」ゴードンはつぶやいた。

デイビスの希望は消えた。ゴードンの短い返事は、ナイフのようにデイビスの心臓を貫いた。

「なにが起きたのか話すことはできるかね？　どうして墜落したんだ？」

ゴードンは頭を素早く回転させた。ここで手がかりを消しておこう。もしものときのために。

「機内の気圧がさがって、ぼくは気を失ったんです。ホリーになにがあったのか、飛行機がどうなったのかわかりません」

デイビスは泣きたい気持になった。「ああ、神さま」彼はうめき、両手で顔を覆った。

デイビス・ベントンは話をうのみにしてくれた。幸運を期待して、もう少しばかり脚色を追加しても損はあるまい。ゴードンは深く息を吸いこんだ。そうすれば痛みのせいで目に涙が浮かぶことがわかっていたし、これから口にするせりふのためには涙が少々必要なのだ。

ゴードンの口からもれでたうめきは演技ではなかった。痛みも、あとに続いた涙も本物だ。

デイビスは素早く顔をあげて呼びかけた。「動くんじゃない。看護師を呼んでくる」

「看護師なんて必要ない」ゴードンはつぶやいた。「ホリーに会いたい……ぼくのホリーに」

「ああ、わかるよ、わたしも同じ気持だ」

ゴードンは演技を続けた。「ぼくらは駆け落ちしようとしていたんです。彼女はぼくの妻になるはずだったのに」彼は目を閉じた。「ホリーなしでは、生きていたくない」

デイビスはゴードンの言葉に仰天した。デートしていたことは知っていたが、ふたりの関係がそこまで進んでいたとは夢にも思っていなかったからだ。

「いいかね、わたしたちは前向きに考えなければ」デイビスは言った。「わたしは決してあきらめたりしない。ホリーの亡骸《なきがら》をこの目で見るまでは、希望を捨てはしないよ」

ゴードンは首を振った。「生き残ったのが自分ひとりでは、望みを持ちつづけるのは難しすぎます」

デイビスは目を輝かせてゴードンの腕をつかんだ。「まだ聞いていなかったのか！」

「なんのことです？」ゴードンはつぶやいた。

「生存者はきみだけじゃない。きみの弟のビリーだよ。彼も生きているんだ！」

夜が明けると、空は明るく晴れ渡っていた。雪もやんではいたが、胸あたりまで積もっていた。ローマンはキャビンから出ると、ゆっくりと深呼吸した。

問題の金はまだクローゼットのなかにある。ひとまず休戦状態にはなっていたが、デイジーとのあいだには、まだローマンの非難の余韻が漂っていた。

ローマンは周囲を見やった。彼の車は、今では屋根と窓の上のほうだけしか見えていない。雪どけがすぐに始まったとしても、道路が通行可能になるまでに二、三日はかかるだろう。

ロイヤルのことを思いだし、ローマンは携帯電話をとりにキャビンのなかに戻った。

ローマンがロフトから階段をおりてきたとき、デイジーがバスルームから出てきた。

「なにをしているの？」デイジーはローマンが手にしている携帯電話を見つめながら尋ねた。

「もう一度、兄に連絡をとってみようと思ってね。ぼくが無事なのを伝えておきたいんだ」

デイジーの顔は神経質そうにゆがんだ。「わたしのことを話すつもり？」

「このあたりで飛行機が墜落した可能性があると話すつもりだ。ほかにも生存者がいるかもしれないことは考えなかったのかい？」

ふいに、デイジーの耳に切迫した男性の声が聞こえたように思えた。

〝飛びおりたあと十まで数えたら、これを引くんだ〟

「たしかにほかにも誰かがいたわ……。飛びおりて、十まで数えたらこれを引くように、と言われた声を覚えているもの」

ローマンがしっかりとまとっていた鎧《よろい》に、また裂け目が生じた。デイジーのおびえた口調を耳にするたびに、抱きしめてやりたくなってしまうのだ。

「きみは立派にやってのけたじゃないか、デイジー」

「どういう意味？」

「きみは生きている」

デイジーはため息をついた。「そうね、そのとおりだわ。警察に知らせなければならないわね。どうぞ電話して。今、わたしがここにいるあいだに」

「それなら靴を履いておいで。外のほうが電波が届きやすいはずだから」

「待っていて。すぐに履いてくるわ」

ローマンは、デイジーが走って靴を履きに行くのを眺めた。彼女は古いグレーのパンツに赤いフランネルのシャツを着ている。室内ならば充分にあたたかい服装だが、外の寒さは厳しい。

ローマンはクローゼットからパーカーをとって、戻ってきたデイジーに差しだした。「これをはおるんだ。外は猛烈に寒い。凍えてしまうよ」

デイジーはパーカーの重みとあたたかさ、そしてその持ち主である男性のにおいに包みこまれた。まるでローマンの腕のなかに抱かれているみたい。

ローマンが顔を寄せてパーカーのジッパーをあげてくれた。彼の顔は、デイジーの唇のすぐ近くにあった。あとほんの少し体を寄せれば、彼の黒く、やわらかそうな髪に頬をあてることができる。彼女はゆっくり深呼吸して、動いてはだめ、と自分に言い聞かせた。

それからデイジーは顔をあげた。

ローマンの笑みが凍りついた。デイジーは言葉を交わさなくても、自分が考えていたことを彼が察したことを知った。「ローマン」

ローマンの視線はデイジーの顔の上をさまよった。深いグリーンの目、やわらかそうな唇、そしてかすかにふるえる顎。下腹部が欲望に熱くなり、彼はゆっくり息を吸いこんだ。

「知っているだろう」ローマンはやさしく言った。「きみはぼくのタイプじゃないんだ」

デイジーのまぶたがふるえた。「わたしも、あなたのことはあまり好きじゃないわ」

「嘘つきだな」

デイジーが身を乗りだすと、ローマンの息が顔にかかった。「嘘じゃないわ」

ローマンはデイジーの首筋を手で包みこんだ。

「それなら証明してごらん」

デイジーは甘いため息をついた。もうこれ以上は我慢できない。ふたりの唇が重なる。彼女はローマンの肩にしがみついた。

ローマンは両腕をまわしてデイジーを抱きしめた。

思わずうめき声がもれる。もう限界に近かったが、かろうじて分別が残っていた。「もうやめるんだ、ぼくが引きかえせるうちに。きみの勝ちだ。きみはほんの少しも、ぼくのことを好きじゃない」

ローマンはデイジーの首筋を鼻でなぞった。これまで出会ったどんな女性よりも、甘い香りがした。

デイジーは目を閉じた。膝から力が抜けていく。

「電話をかけてみたほうがいいわ」

ローマンはうめいた。電話などより、デイジーをベッドに連れていきたい。「ああ、そうだね」

ローマンはデイジーを抱いたまま外に出ると、携帯電話の番号を押した。

「もしもし!」

ローマンはにやりと笑った。いつものように、ロイヤルは困惑した声だ。マディが原因でないといいのだが。「ロイヤル、ぼくだ、ローマンだ」

ロイヤルは大きな声をあげた。「おまえか! そろそろ電話をくれると思っていたよ」

「そう思うなら、そっちからかけてくればいいじゃないか」

ロイヤルは小さく悪態をついた。「おまえの携帯電話の番号を書いたメモをなくしてしまったんだ。マディ、そのきたないくそ猫は家の外に出して、納屋に戻しておけと言ったろう」

不運にも、ロイヤルの気分に関する推測は、あたっていたようだ。彼のいらだちの原因は、やはりマディらしい。

「聞こえたはずだぞ」ロイヤルが怒鳴った。「それと、お願いだからそいつにキスするのはやめてくれ。のみがついているし、それ以外にもなにがいるかわかったもんじゃない」

「おい、ロイヤル」

「ああ、すまない」

「〝くそ猫〟だなんて、あの子の前では言葉づかいに気をつけろよ。後悔するぞ」

ロイヤルはため息をついた。「わかっているよ、ちくしょう、ぼくには見張り役が必要だな」そう言ってから彼は話題を変えた。「ところで、そっちは雪が積もっているのか?」

「胸の高さまでね」

ロイヤルは口笛を吹いた。「冗談だろう」

「いや、冗談なんかじゃない。兄さんの言うことを聞いたりしなければ、こんなところで暖炉に薪をつっこんだりしていないで、今ごろは自分の家であたたかい春の日差しを楽しんでいたはずなんだがね」

ロイヤルは笑い声をもらした。「ふむ、しかし少なくともおまえは〝すべてからのがれて〟いるな」

ローマンはデイジーにちらりと目をやった。「それはちょっと違うかな」

「どういう意味だ?」ロイヤルが尋ねた。

ローマンは話題を変えた。今はもっと重要な問題があるのだ。「ロイヤル。頼みがあるんだ」

「ああ、なんだ?」

「連邦航空局に連絡をとって、この付近で行方不明になった飛行機がないか調べてくれないか」

「どうしてだ?」

「この近くに飛行機が墜落したみたいなんだ。もしまだ警察が知らないなら、連絡する必要がある」

「そうか、だが――」

ローマンはデイジーの存在を打ち明けかけたが、クローゼットにある金のことが頭に浮かんで、思いとどまった。「とにかく調べてくれ。もし墜落した飛行機があったら、手に入る限りの情報を集めて電話をくれ。あとのことはそれからだ」

「わかった。それまでは、まわりの景色でも楽しんでいてくれ」ロイヤルが言った。

ローマンはデイジーを見やった。「充分楽しんでるよ」

6

ゴードン・マロリーはパニックに襲われていた。ビリーが生きている！　たしかにビリーはゴードンの弟であり、彼が飛行機を操縦してくれたおかげで、この程度のけがですんだのだ。しかしゴードンは、ビリーが自分を裏切ったことを忘れてはいなかった。あいつはホリーが逃げるのに手を貸しただけでなく、おれの金を失わせたのだ。

ビリーは自白してしまったのだろうか？　いや、少なくとも今はまだ話していないだろう。もし話していれば、警察がここに来ているはずだ。たとえ病院のベッドに寝たきりになっているからといって、犯罪をおかしたことを知れば警察は容赦しないだろう。

それに、デイビスがビリーと話していれば、この部屋には決して足を踏み入れなかったはずだ。

外の廊下から、カートが押される音が聞こえた。食事を運んできたのだ。ゴードンはベッドの上で体を動かして、楽な体勢になろうとした。すぐに、看護師がトレイを持って入ってきた。

「こんばんは、ミスター・マロリー。お食事の時間ですよ」

ゴードンは眉をひそめた。「どうしてこんなどろどろしたものを、食事と呼べるのかわからないな」

「あなたの命が助かったのはとても幸運だったんですよ。先生が流動食を出すように指示されているのには、きちんとした理由があるのですから」

ゴードンは笑顔をとりつくろった。情報源の機嫌を損ねてはまずい。「わかってるさ。ただ、弟のことが心配で、前向きに考えられないだけでね……」

彼は効果をあげるためにここで声を一オクターブ落とした。「あいつはぼくのただひとりの家族なんだ」

看護師の表情がやわらいだ。「さぞおつらいでしょうね」

ゴードンはうなずいた。「せめてあいつがどんな具合かわかればな。きみは知っているかい?」

看護師はためらった。いかなる患者であっても、余計な情報をもらすことは病院の規則に反する。

ゴードンはたたみかけるように言った。「あいつが重体患者として扱われているのは知っている」

「ええ、そのとおりです」看護師に答えられるのはそこまでだった。

ゴードンは、どう切りだせばいいのか迷っているふうにトレイに目を落とした。彼はスプーンをとって、小さなカップのふたをはずした。

「チェリーのゼリーか。ビリーの好物だ」

「あとでトレイをさげに来ますから」看護師は立ち去ろうとした。

ゴードンは打ちひしがれた表情を装って、ため息をついた。看護師がドアのところで立ちどまって振り向いたとき、彼は喜びを押し隠した。

「あなたの弟さんの状態は安定しています。でも、まだ意識を回復していないので、面会が許されていないんだと思います」

ゴードンは安堵《あんど》の叫びを必死にこらえて言った。「看護師さん、教えてくれてありがとう。その話は聞いていなかったことにするから。弟が早く回復することを祈るよ」


デイビス・ベントンは、ホテルの部屋で捜索と救助を求めて電話をかけていた。相手が自分の望みどおりの答えを口にしてくれるまでは、ゆずるつもりはない。「いいかね、もし金が問題なら、どれだけかかろうが払う。雪はもうやんでいるし、空は晴れているじゃないか。頼むから考えなおしてくれ。墜落地点に戻って周辺を捜索してほしいんだ。わたしの娘はあの飛行機に乗っていた。それほど遠くに行けたはずがない」

相手の返事に、デイビスの表情はゆるみはじめた。

「そうか、ありがとう。わたしは一日じゅうこの電話のそばにいる。なにかわかったら、すぐに知らせてくれ」

それからしばらく話して電話を切ると、デイビスはベッドの端に腰をおろした。

そして、自分の父親としてのふがいなさを思ってうなだれた。彼にできるのは、あとは祈ることだけだった。

ローマンは薪《まき》の置き場までの通り道を掘った。外の空気は冷たく、深呼吸すると胸が痛むほどだったが、体を動かすのは気分がいい。彼はデイジーがときどき窓から自分を見つめていることに気づいた。今朝の出来事のあと、ふたりのあいだに緊張が増していることは否定できない。彼の心のなかには、チャンスを生かすんだ、キャビンに戻って彼女をベッドに連れていけ、とたきつける声があった。これまでぎりぎりの瀬戸ぎわで生きてきた経験から、明日は永遠に訪れないかもしれないということは、いやになるほど思い知らされている。唯一たしかなのは今だけで、それさえもが一瞬ののちに消えてしまいかねないのだ。

ローマンはデイジーと親密になることが賢明かどうか、疑念を捨て切れないでいた。彼女が記憶喪失であることと大金がつまっているバッグが、無視できない抑止力となっていた。犯罪者とは……あるいは人妻とは、恋におちたくない。

ローマンは雪の最後のひとかきをすくいとってわきに投げ、シャベルを地面につき刺すと、薪をひとかたまり抱えた。

デイジーは玄関でローマンを出迎え、なかに入れるようにドアを開けたまま押さえてくれた。

「ありがとう」ローマンはじっと立ちつくし、デイジーの顔に浮かぶ困惑を見つめ、さらに一歩踏みだすべきかどうか考えた。心はイエスと言っている。しかし本能がノーと告げていた。

「冷たい空気が入ってきちゃうわ」デイジーはそう言って、ドアをたたきつけるように閉めた。

ローマンはデイジーのわきを通りぬけて薪を炉棚に置き、コートと手袋から雪を払ったあと、乾かすため炉棚のそばにつるした。

デイジーがあまりに近くに立っていたので、ローマンは振り向いたとき、危うくぶつかりそうになってしまった。「すまない」

デイジーは顔を赤らめた。「いいえ、わたしが悪かったの」彼女はそう言って背を向けた。

ぼくらは感情のシーソーにからめとられている。どちらかがその動きをとめるだけの良識をはたらかさなければ、間違いなくあともどりができなくなってしまう。それなら、ぼくのほうが理性的になるべきだ。

デイジーはソファでありもしない糸くずを払うふりをしてから、本を手にとった。彼女もローマンと同じようにばつが悪そうに見える。

「デイジー」

デイジーはさっと顔をあげた。持っていた本が手からソファに落ちた。「なに？」

「今朝のことだが……」

デイジーの頬がまた赤く染まった。「あれがなにか？」

「もしきみが誰かの妻だったら？」

ローマンの言いたいことは、デイジーにはいやというほどわかった。けれども、彼女が今感じている思いをあきらめることは、そんなことよりもいっそう重い罪に思えた。

「もしそうでなかったら?」彼女は言いかえした。

「だがそうである可能性はある。もし行方不明になっているのがぼくの妻だったら、別の男のベッドにはいてほしくない」

デイジーは唇を噛《か》んで泣きたい思いをこらえた。

「でも、わたしは誰かに属しているようには感じていないの」

デイジーの返事にローマンは興味をそそられた。

「それなら、どんなふうに感じているんだ?」

あなたと愛を交わしたい、と。

その思いにデイジーははっとなって顔をそむけたが、その前にローマンは彼女の目に浮かんだ欲望に気づいてしまった。

「いや、いいんだ」ローマンは短く言うと、キャビンのせまさと外の雪をいまいましく思いながらキッチンに向かった。デイジーから離れるには、キッチンに行くしかない。しかし振り向くと、戸口に彼女が立っていた。その目には、彼がこれまで見たことのなかった輝きがある。

「あなたに理解しておいてほしいことがあるの」

ローマンはデイジーの次の言葉を待った。

「わたしはあなたに惹《ひ》かれているけれど、愚かではないわ。でもあなたがわたしのことをどう思っているかは想像するしかない。わたしが結婚しているかとか、大切な相手がいるかなんてことは、わたしが犯罪者である可能性が高いという事実に比べればささいなことだわ」デイジーは深く息を吸いこんだ。

「もしお互いの立場が逆だったら、わたしもそんな相手は望まなかったでしょうね」

そしてデイジーはさっと背を向けると、キッチンから去っていった。あとに残されたローマンは、彼女に手袋を投げつけられて決闘を申しこまれたような気分になっていた。この先どうなるかの決断は、彼にゆだねられたのだ。

深夜近く、ローマンはタオルで髪をふきながらバスルームから出てきて、ソファに目をやった。デイジーはもう眠っていた。

ローマンはタオルを近くの椅子の背に投げ、ドアの鍵《かぎ》をたしかめた。文明からは何キロも離れているキャビンであっても、習慣から鍵はかけるようにしている。

ロフトへの階段を途中まであがったところで、デイジーのやわらかな声が沈黙を破った。

「ローマン」

ローマンは足をとめた。心臓が突然激しく高鳴りはじめた。「なんだい?」

「おやすみなさい」

「おやすみ」

ローマンは、胸に痛みを覚えながらベッドにもぐりこんだ。ただひたすら、雪とこの状況がいまいましい。彼は枕《まくら》を何度かたたき、しまいにわきによけた。そしてうつぶせになり、腕を枕代わりにして眠りに落ちた。

悪夢に閉じこめられ、デイジーは毛布を体からはがそうともがいた。夢のなかで、それは手首に巻きつけられたひもになり、目隠しになった。叫ぼうとしたが、喉からはすすり泣きしか出てこない。助けて、死にたくない。

ローマンははっと目を開けた。一瞬、彼は横になったままじっと動かず、眠りを妨げた音に耳を傾けた。デイジーだ!

昨夜と同じことをくりかえすのではないか。ローマンはベッドから転がりおりた。またしても、積もった雪のなかにふたりで飛びこむのだけは避けたい。

階段を途中までおりかけたところで、音がはっきりと聞こえるようになった。デイジーがまだソファの上で眠っているのが目に入り、ローマンは安堵した。彼は静かに歩み寄ってソファをまわり、彼女のわきにひざまずいた。暖炉の炎を浴びて、デイジーの頬には涙のあとが銀色の筋となって光っていた。額にしわを寄せながら、彼女は必死に毛布をはがそうとしている。

マディに向かって呼びかけるような声で、ローマンはささやいた。「デイジー、デイジー、目を覚ますんだ」

デイジーのまぶたがふるえ、それから目が開いた。

「ローマン?」

ローマンは指先で涙をぬぐってやった。「きみは悪い夢を見ていたんだよ」

デイジーは唇をふるわせながら、ローマンの顔の輪郭に視線をなぞらせた。力強いその曲線は、彼女に安心感をもたらしてくれた。

「もういや」デイジーはささやき、両腕をローマンの首にまわした。「こんなことにはもう耐えられない。ああ、ローマン、もし永遠に思いだせなかったらどうすればいいの?」

デイジーの態度は予期せぬものだったが、その意味はローマンにははっきりとわかった。それは信頼だ。彼女はぼくを信頼している。だが、ぼくは自分自身を信じているだろうか?

「大丈夫、きっと思いだすさ」ローマンはやさしく言って、デイジーの両腕を首からはずした。「さあ、落ち着いて。ぼくはここにいるから」

ローマンはソファに座り、それから膝の上にデイジーをのせて、ふたりで毛布にくるまった。

デイジーはローマンの肩に頭を預けた。

「もう一度眠ろうとしてごらん」

「でもあなたは座ったままじゃ眠れないわ」

デイジーの頭のてっぺんは、ローマンの顎の下にぴったりとおさまっている。腕のなかの彼女は、驚くほど軽く感じられた。「平気さ。ぼくはもっとひどい場所で寝たこともある」

デイジーはリラックスしようとしたが、そうしようとすればするほど自分がどこにいるか――ローマンの腕のなかに、ローマンの心臓のすぐそばにいることを――忘れることができなかった。

耳のすぐ横から聞こえる安定した鼓動が、デイジー自身の脈と重なった。彼女は目を閉じてなにか別のことを考えようとしたが、ローマンの片手が自分のヒップを包みこんでいることに気づかされただけだった。

動くのが怖く、動かないのも少し怖くて、デイジーはなにも考えないようにつとめた。それからローマンの息が速くなったのを感じ、顔をあげた。

ローマンはまばたきしたが、彼が考えていることは隠し切れなかった。デイジーは彼がはりめぐらしている壁を越えて、心のなかまで見とおした。

「だめだ」ローマンは警告した。

デイジーはローマンの膝の上に座るような姿勢に体を起こし、彼と向きあった。「なにがだめなの、ローマン？　気にしてはだめだってこと？　もう遅すぎるわ」

デイジーの言葉はローマンを痛烈に打ちのめした。そしてその瞬間、彼はデイジーの言葉が真実であることを悟った。

「それで明日はどうなるんだ、デイジー？　ぼくらが愛を交わしたあとは？　ぼくはどうすればきみをあきらめられるんだ？」

「それならあきらめないで」デイジーは言った。「わたしをあきらめないで。絶対に！」

ローマンはデイジーの両肩をつかんでソファの上に倒し、その上にのしかかった。毛布が彼らの体から床にすべり落ちる。

「これは危険なことだ」ローマンはささやいた。

デイジーはローマンの首に両腕を巻きつけた。

「でもローマン、あなたは忘れているわ。わたしはほかの形の生き方を覚えていないのよ」

ローマンはうめき、顔をデイジーに近づけた。ふたりの唇が、とどまることを知らない欲求で重なりあう。彼はデイジーの体からシャツをはぎとった。服は一枚ずつ脱がされていき、ふたりは裸でお互いの腕のなかに抱かれた。

「まだぼくのことを憎んでいるかい？」

「骨の髄までね」デイジーがそっと答える。

ローマンはふたつの乳房に交互に唇をはわせた。デイジーがあえいで体をのけぞらせると、彼は手をとめた。「仲のよい敵どうしといったところかな？」

「ああ、ローマン」デイジーの目から涙があふれた。

「なんだい、ベイビー」

「後悔しない？」

痛みがローマンの胸を刺したが、それも生じたときと同じくらい素早く消えた。彼は頭を傾けて流れ落ちる涙にキスをした。「後悔はしないよ」

デイジーはふたたび両腕をローマンの首に巻きつけ、引き寄せて体重が自分にかかるようにした。

「だめだよ！　ぼくは重すぎて——」

デイジーはローマンの頬に手をふれて彼の不安を打ち消した。

暖炉のなかで薪が崩れ、火花が散ってはじけた。外では、風が雪の最後のかけらを空中に舞いあがらせている。

ふたりは床に移動した。クッションを下に敷き、怖いほどの情熱で愛を交わした。ささやきが沈黙に変わり、せつないあえぎが、やわらかなため息に変わる。手がふれあい、キスがくりかえされた。愛を交わすステップのひとつひとつが、もはや否定できない確信へとふたりを運んでいく。

そして最後に、ローマンはデイジーの両脚のあいだに体を入れた。デイジーの美しい顔を見おろし、すばらしい満ち足りた瞬間を味わう。

そしてローマンはゆっくりとなかに入った。ふたりとも、しばらく息をとめて動かなかった。デイジーはなにかしっかりした支えにつかまる必要に駆られて、ローマンの腕をつかんだ。彼女の体はふるえ、目にはまた涙があふれていた。「ローマン……ああ、ローマン」

ローマンは少しだけ体を引いた。彼が体を離すと、デイジーは目を閉じて唇を開き、ため息をついた。彼はもう一度体を沈めた。ゆっくりと、より深く。デイジーが彼の下で身をのけぞらせると、ローマンは彼女の感触に集中した。「ああ、ベイビー」

時間は完全に意味を失った。数分間かも、何時間かもしれなかった。ふたりは熱に浮かされたように、燃えつきるまで求めあった。

デイジーにとって、クライマックスは素早く目もくらむような勢いで訪れた。

しかしローマンのほうは準備ができていた。彼は高まりが近づいてくるのを感じていた。甘い痛みの淵《ふち》へと急がせるあの感覚。彼をこらえ切れなくさせたのは、デイジーの体の熱、そして彼女のなかのかすかなふるえだった。彼女ひとりを行かせることはできない。

ローマンの両腕の、首の、背中の筋肉がこわばった。エクスタシーは大波となってローマンをのみこみ、うめきとともに彼女のなかにとき放たれて、彼がこれまで築きあげてきた壁の最後の部分を粉々に砕いた。

ふたりの体は汗まみれで、動悸《どうき》は激しかった。しかし彼らのあいだには、これまでにはなかった理解があった。ローマンはデイジーの瞳をのぞきこんで思った。きみは自分の名前を知らないかもしれないが、ぼくはきみを知っている。

ローマンはデイジーの唇の端に口づけた。それからごろりと転がって、毛布をふたりの体にかけた。

デイジーはまだ動けなかった。彼女はローマンの腕に守られて横になり、鼓動が自然なリズムにまで落ち着くのを待った。

ふたりが眠りにつく直前、ローマンはデイジーがささやくのが聞こえたように思った。

「わたしはあなたをしばりつけるつもりはないわ」

ローマンはほほえみを浮かべたまま眠りにおちた。

7

デイビス・ベントンが泊まっているホテルの一室で電話が鳴りはじめたのは、暗くなってからだった。彼はその音とほとんど同時に深い眠りから目覚め、受話器をつかんだ。

「もしもし」

「ミスター・ベントン。サーチ・アンド・レスキューのローリーです」

「ミスター・ローリー、なにか新しい情報が?」

「残念ながらありません。積雪のため、これ以上の捜索は無理なことをお伝えしようと」

デイビスの心は沈んだ。

「だが――」

「雪がとけ次第、捜索を再開するつもりです。積雪は、場所によっては二メートル近くにまで達しているんです。お嬢さんがどこにいるかはまったくわかりません。わたしたちはそのすぐそばを……あるいは真上を歩いているかもしれないんです。おわかりいただけますか？」

デイビスはうめき声をもらした。その想像はあまりにつらすぎる。しかし、ローリーの言いたいことは、いやというほど理解できた。

「ああ、電話をありがとう」

電話が切れると、デイビスは泣きはじめた。目が覚めて、これがすべて夢だとわかったらどれほどいいだろう。ふと、ゴードンのことが頭に浮かんだ。ホリーが結婚したいほど愛していた相手なら、捜索隊が下した決定を知る権利があるはずだ。彼に知らせに行かなければ。

ゴードン・マロリーは快方に向かいつつあったが、ビリーのほうは順調とは言いがたかった。弟の状態は安定しているものの、墜落事故で受けた頭部のけがは重傷で、まだ意識をとりもどしていない。

ゴードンは表向きは深く嘆き悲しみながら、ビリーが希望していたことだからと、いかなる延命措置もしないよう医師に指示をしておいた。ビリーの本当の意思はわからないが、それがゴードンの希望であることは間違いなかった。

ある意味で、ゴードンは自分の判断をフェアなものだと考えていた。ビリーのせいで、金はホリーが持ったままだ。あいつが余計なまねさえしなければ、こんなことにはならなかった。代償を払うべき者がいるとすれば、それがビリーなのは当然だ。

ゴードンの頭にあるのは、病院を出て金を捜すことだけだった。病室のドアが開いたとき、相手が誰かわかると彼はあわてて悲嘆の仮面をかぶった。

「ミスター・ベントン！　なにか知らせでも？」

デイビスは笑顔をつくろうとしたが、できなかった。「いい知らせはないんだ。捜索は雪がとけるまで延期になった」

「そんなばかな！」ゴードンは叫んだ。「彼女が凍え死んでしまうかもしれないのに？」

デイビスの肩はがっくりと落ち、声がふるえはじめた。「口にこそ出さないが、彼らは内心、あの子がもうそうなっていると思っているようだ」

ゴードンはうめいて顔を覆ったが、それは喜びを隠すためだった。彼は彼なりにホリーを捜しだす計画をあたためていた。しかし、救助隊と協力するつもりなどない。もし必要なら、飛行機の航路ぞいにしらみつぶしに歩くつもりだ。たとえ一生かかろうとも、金を見つけだしてみせる。

「本当に残念だ」デイビスが言った。

「これからぼくはどうすればいいんでしょう」

「まずはわたしの屋敷でゆっくり療養してくれ」デイビスが呼びかけた。「せめてそれくらいはさせてほしい」

ゴードンは喜びのあまり叫びそうになった。ラスベガスの銀行にささやかなたくわえは残してあったが、体力が回復するまでの無料療養所が手に入るとは。

「ご親切にありがとうございます、ミスター・ベントン。ですが、弟のビリーを置いてはいけません。あいつには二十四時間体制の看護が必要になるでしょう。ぼくもこの病院に残って——」

「彼もラスベガスに連れていけばいい。むこうにはたくさんそういった施設があるし、彼の体調が許せば屋敷に滞在してくれてもいい。頼むから、断らないでくれ。このようなときには、お互いに助けあわなければ」

「感謝の言葉もありません」それは真実だった。ゴードンは礼の言い方など知らなかったからだ。

デイビスはうなずいた。「わたしはホテルに戻る。なにか必要なものがあれば、電話をしてくれ」

デイビスが病院を出たときには、あたりはかなり暗くなっていた。タクシーでのホテルまでの帰り道は、これまででもっとも長い道のりだった。こんなことは間違っている——親が子供に先立たれるなんて。あまりにも耐えがたいことだ。

ローマンは夜が明けて山々が明るくなりはじめたころから目覚めていた。昨夜炎のそばで愛を交わしたあと、ふたりは少し眠ってからロフトのベッドに移った。ベッドに入ると、ふたりはふたたび愛を交わした。そして今は、これまでずっとそうしてきたかのように、同じベッドで寝ている。

ローマンは落ち着かない気分だった。それは腕のなかにいる女性のせいでもあり、猛烈な罪悪感のせいでもある。彼は自分たちがしたことを考えつづけていた。昨夜、デイジーと愛を交わすことはあまりにも正しく思えた。彼女は驚くほどの情熱を見せて彼に応《こた》えてくれた。しかし朝の日差しのなか、否定のできない真実があらわになっていた。デイジーは美しく魅力的な女性だが、彼の愛に応える自由はないのかもしれない。その可能性がローマンを不安にさせる。彼はデイジーを見つめながら、真実が明らかになったとき、彼女をあきらめる勇気が自分にはあるだろうか、と考えた。

デイジーはローマンの腕のなかで丸くなり、背中を彼の胸にあてていた。眠っている彼女はあまりに無垢《むく》に見える。だが、そんな無垢な女性が、あのバッグの金でなにをしようとしていたのだろう?

デイジーは眠ったままため息をつき、寝がえりを打って顔をローマンの胸にうずめた。彼はデイジーの信頼を感じ、どんなことになっても正しいことをできる力が自分にあることを願った。

ハンドバッグが手から落ちて、中身があたりに散らばった。コンパクトの鏡が割れる小さな音に、デイジーはパニックに襲われた。

逃げるのよ。逃げなさい！

脚に力が入らず、息ができない。どれほど必死に動こうとしても、その場に凍りついてしまったかのようだった。

肩が、そして目の前のステップがすっとかげった。誰かが彼女の腕をつかむ。叫び声をあげるよりも先に誰かの手が口に押しあてられ、ぐいと引きあげられた。最後に見えたのは青い空の一部で、それから目の前が真っ暗になった。

デイジーはびくっと身をふるわせてあえいだ。誰かが抱きしめて、なだめるように言葉をかけてくれている。おかげで心臓は正常なリズムをとりもどした。彼女は目を開け、それから自分がどこにいるのか、誰が支えてくれているのかを思いだした。「ローマン」

「大丈夫だよ、ベイビー」ローマンはやさしく呼びかけ、デイジーの顔にかかった髪を払ってやった。「ぼくがついている。きみは安全だ」

デイジーは両腕をローマンにまわしてしがみついた。「なにかが落ちたみたいなの」

「なにが？」

「バッグ……わたし、ハンドバッグを落としたんだと思うわ」

ローマンは眉をひそめた。デイジーは混乱している。それでも彼女にはすべてを言葉にする必要があることはわかっていた。

「それからどうした？」

「逃げようとしたけど、脚が言うことを聞いてくれなかったの」

ローマンはその感覚を知っていた。純粋な恐怖だ。彼はデイジーを抱き寄せてなだめ、せかすことなく話を続けさせた。

「彼らはわたしのたてた物音を聞きつけたのよ」

「彼らって誰のことだい？」

頭のなかにぽっかり穴が開き、どんなに必死になっても記憶は戻らなかった。デイジーはいらだたしげに額をローマンの胸に押しつけた。

「わからない。わからないの」

ローマンはじれる気持を抑えて、デイジーの頬にキスをした。「大丈夫。きみは昨日よりも思いだしているじゃないか。記憶が戻りつつあるという事実に目を向けるんだ」

ローマンを見つめるデイジーの目には、あふれんばかりの恐怖が浮かんでいた。「もし――」

ローマンは首を振った。

「もし、はなしだ。最優先のルールは、わかっている事実だけを扱うこと」

デイジーはほほえもうとした。「それは誰のルールなの？　軍隊、それとも私立探偵の決まり？」

「いや、父が教えてくれたことだ。言うなれば、それがジャスティス家の流儀だな」

ローマンが家族のことを口にしたのがきっかけで、デイジーは彼が昨日かけていた電話のことを思いだした。「お兄さんは今日電話をくれるかしら？」

ローマンは指先でデイジーの顎を支えると、唇を重ねた。「わかったことがあれば、連絡してくれるだろう」

「お兄さんは、あなたに似ているの？」

「ロイヤルに似ているやつなんていない。あいつはなんでも自分の思いどおりにしないと気がすまない人間なんだ」

デイジーはかすかに眉をひそめた。「わたしはロイヤルを気に入るかしら?」

ローマンはにやりと笑った。「たぶんね。たいていの女性はそうだ」

「彼の奥さんはそれについてどう思っているの?」

「ロイヤルはお産で妻を亡くしたんだ。それからは娘のマディを男手ひとつで立派に育ててきた。ぼくがほめていたことは兄さんには言わないでくれよ」

「さぞかしつらかったでしょうね。マディという子は、いくつなの?」

「四歳だが、もう四十歳並みにしっかりしているよ。背は小さいけど、一人前の女性だ」

「その子もきっと、はねっかえりなのね」デイジーは言った。「わたしもそうだったわ。母はわたしがまだ……」言葉がとぎれ、彼女の顔に驚きの表情が浮かんだ。

ローマンは身をこわばらせた。デイジーがなにげなく話しているときに、真実がこぼれでたのだ。

「ああ、ローマン。思いだしたわ」デイジーの声はふるえていた。「母は、わたしが生まれたときに死んだの」

「ほらね」ローマンはやさしく言った。「ぼくの言ったとおりだろう。心の準備ができたら、記憶は戻ってくるんだ」

デイジーは目を閉じて顔をそむけた。

「デイジー。ぼくを見て」

デイジーはため息をついて、ローマンの言うとおりにした。「なに?」

「どうしてそんなことをした?」

「なんのこと?」

「ぼくから目をそらしたことだ」

デイジーは一瞬、明らかにためらった。

「デイジー……昨夜のことで、ぼくらは秘密を持つような段階は越えたとは思わないかい? 記憶が戻ってきたのだから、喜んでいいはずだ。今はまだ断片的でも、やがてはっきり思いだせるだろう。なのに、なにが問題なんだ？」

デイジーは唇をふるわせながらローマンの顔を見つめた。「怖いんだと思うわ」

ローマンはうめき、デイジーを強く抱き寄せた。

「ぼくがそばについている、と言ったじゃないか」

「でもローマン、もしあなたの想像が正しかったとしたら？　わたしがお金を盗んでいたのだとしたら？」

「それならそれを返して、しかるべき対処をするだけだ」

「対処すべきことがお金のことだけじゃなかったとしたらどうするの？」

「どういう意味だ？」

「もしわたしの人生に誰か男性がいたとしたら？」

きみの人生にはすでに男性がいる。そう、ぼくがいるじゃないか。しかしローマンはそれを口にすることができなかった。記憶が戻ったら、デイジーはもうぼくのような男を好きにはならないのではないか。

デイジーはローマンの首に両腕を巻きつけた。彼女の声はやさしく、目には涙があふれていた。「ローマン？」

「なんだい？」

「昨夜がずいぶん昔のことみたい」

デイジーの声ににじむ欲望が、ローマンの心のなかの欲望をも刺激した。「お互いに深入りすればするほど事態が悪化することがわからないのかい？」

デイジーはローマンの首の後ろで指をからめあわせた。「今の時点で考えつく最悪の事態は、あなたを失うことよ」

ローマンは首を振ってデイジーの手首をつかんだ。「デイジー。きみは真実を無視している。きみはぼくを手に入れてはいないんだ」そしてぼくはきみを手に入れていない。

デイジーの目に涙があふれた。「真実？　あなたがわたしの真実よ。あなたがわたしの過去、わたしの未来なの。どうしてわからないの？　わたしはあなた以外のことは誰も、なにも覚えていないのよ」

ローマンの体を痛みが切り裂く。彼はデイジーをもう一度抱き寄せた。

「きみが今ぼくに対して感じている感情は、恐怖のせいなんだ。ぼくがきみを安全な気分にさせるから、愛しているように思えるんだよ。だが、記憶が戻ったときにはどう感じるかわからないじゃないか。それまでは、愛を交わすことなど考えないのが、お互いのためじゃないかな」

デイジーはローマンから体を引き離した。彼女の声には彼が無視できない熱意があった。

「あなたはそう言って自分を納得させようとしているのよ、ローマン・ジャスティス。たぶん、あなたには自分の心を信じる勇気がないのね。わたしは自分の心を信じているわ」

ゴードンは動けるようになった。

ゴードンにとっては、病院のガウン姿で点滴を受けながら廊下を行ったり来たりしている自分の姿など屈辱的だった。しかし、ベッドから起きて自分の足で立つというのは、たしかな進歩だ。

隣にいる看護師は、ゴードンが普段好んでつきあうエレガントな服装の女性とは大違いだった。だが、さしあたって贅沢《ぜいたく》は言えない。少なくともこの看護師は、彼の魅力と話術に言いくるめられている。彼女は、ゴードンの望むとおり廊下の先まで彼を連れていってくれた。ふたつ先のドアがビリーの病室のはずだ。

「よくがんばりましたね、ミスター・マロリー。でも今日はもうこれで充分だと思います。そろそろ戻って……」

ちくしょう、まだだ、まだなんだ。

ゴードンは立ちどまり、休んでいるふりをしながら頭を忙しく回転させた。そのとき前方の病室から看護師が飛びだして、こちらに向かってきた。看護師は近づいてきて、そこにいるのがゴードンだと気づくと、思わずこう口にした。「いい知らせです、ミスター・マロリー。弟さんが意識をとりもどしました」

ゴードンが青ざめたのを、そばにいた小柄な看護師は見のがさなかった。

「さあ、さあ」看護師は素早く言った。「長く歩きすぎたわ。ベッドに戻らないと」

ゴードンは看護師の手を振り払った。

「いや、ぼくは弟に会わなければならない。ぜひとも会う必要があるんだ」それから彼は開いたドアに向かって歩きはじめた。


「待ってください、だめです——」

ゴードンは、片手で折れた肋骨《あばらぼね》を押さえ、もう一方の手で点滴を引きずりながら病室のなかに入りこんだ。彼の視線はビリーにまっすぐに向けられた。が、もし前もってそのベッドにいるのが弟だと知らなかったら、それがビリーだとはわからなかっただろう。予期せぬショックに、ゴードンは呆然《ぼうぜん》と見つめるばかりだった。

あちこちにのびている管。たくさんの医療機器類。それにビリーの顔！　なんてことだ。

「見た目ほどひどくはないんですよ」看護師がすかさず口をはさみ、ゴードンの腕をつかんで病室から廊下へと連れだした。「ほとんどは一時的にはれているだけで、傷は時間がたてば消えるんです」

ゴードンのはらわたは煮えくりかえっていた。彼は大変な努力を払って吐き気をこらえながら、自分の病室まで戻った。

看護師が去ってからもしばらくは、弟の姿がゴードンの脳裏に焼きついて離れなかった。子供時代の記憶が何度もよみがえってくる。くりかえし、ビリーのことはおまえの責任だ、と言い聞かせる母親の声が耳のなかでこだました。お兄さんなのだから、ビリーの面倒をしっかり見なさい、と。

ゴードンは目を閉じ、眠りが現実から逃避させてくれることを願ったが、無駄だった。ビリーがこんなひどいことになったのは、すべておれの責任だ。カジノの一件では、見張りが必要だった。いやがるビリーをなんとか説きふせて、その役をつとめさせたのだ。それに、そもそもカジノのマネージャーであるカール・ジュリアンを殺すつもりなどなかった。行きがかりでそうなってしまっただけだ。

ゴードンは、自分たち兄弟がはまりこんでしまった泥沼の責任を受け入れた。おれは大金に目がくらんでしまったのだ。金を守るためならどんなことでもするつもりだ。たとえ殺人であろうと……もし必要ならもう一度。

ゴードンは小さく悪態をついた。過ぎたことをあれこれ考えても仕方がない。今すべきなのは、体調を戻すのに集中することだ。デイビス・ベントンのおかげで、ビリーをこの病院から退院させてラスベガスに連れもどせそうだ。やはり弟には死なれたくなかった。

ゴードンは寝がえりを打とうとしてうめき声をもらした。肋骨がひどく痛む。

その夜、ゴードンにはほとんど休息は訪れなかった。ベッドで身動きがとれぬまま、みずからの罪を思い、これから先ビリーがなにを口にしようが、警察がそれを幻覚だと思ってくれることを祈りつづけた。

雪がとけはじめていた。ローマンがいるロフトから は、屋根を流れ落ちる水の音が聞こえた。ある意味で、それは吉報だった。しかし同時にそれは、彼らがここを去らねばならないことも意味していた。ふたりだけの閉ざされた世界は、終わりを迎えようとしている。ここを出れば、デイジーに二度と会えないかもしれないという可能性が彼を落ちこませた。雪のむこうに、彼女に対して優先権を持つ男がいる可能性はおおいにある。

ローマンは手すりにもたれて下を見おろした。デイジーは見られているのに気づかず、炉床に散らばっている木片や灰を掃除している。ローマンは玄関のドア近くのクローゼットに目をやった。あのなかにあるバッグには大金が入っている。すべての事実が明らかになるまでは用心しろと経験が告げていたが、彼の心はすでに決まっていた。本能は、知る必要のあることはもうすべて知っている、と告げている。デイジーは無実だ。そうでなければならない。

ふいにデイジーのそばにいたい衝動に駆られ、ローマンは階段をおりはじめた。彼の体重で板がきしみ、デイジーが期待のこもった表情を浮かべて振り向いた。ふたりが言葉を探しているうちに、ローマンの携帯電話が鳴って静けさを破った。

デイジーは隠れたいという衝動に押しつぶされそうになって凍りついた。

きっとロイヤルだ。ローマンは電話まで歩み寄った。「もしもし」

「ロイヤルだ。そっちはどんな具合だ?」

「雪はとけはじめている」ローマンは言った。「なにかわかったんだな?　行方不明の飛行機の報告は入っていたか?」

「ああ、雪が降りだす直前に自家用機が一機、消息を絶っている。ラスベガスからバハマ諸島のナッソーに向かう途中だったようだ」

ババマか。大金の洗濯をするには打ってつけの場所だ。

「続けてくれ」ローマンは、勝手に想像をはたらかせすぎないよう自制しながらうながした。

「吹雪の第二波が来る前に機体が発見された。乗っていたのは三人で、ふたりが助かりひとりが死んだ。生存者はデンバーの病院に収容されたらしい」

「ほかにはなにか？」

「捜索は雪がとけたら再開される見こみだ」

「どうしてだ？」

「もうひとつの死体を捜しているらしいよ。飛行機のなかに女性がひとり乗っていたようだが、現場付近では見つからなかったそうだ。墜落のあと森のなかをさまよい歩いて、おそらくは凍死したものと見られている。死体を見つけるには、雪がとけるまで待たなければな」

ローマンの胸が締めつけられた。「女性が？」

「ああ、しかも聞いて驚くなよ。これがデイビス・ベントンの娘なんだ」

ローマンは眉をひそめた。ベントン？　聞き覚えのある名前だ。「ベントンというと、コンピューター会社を経営してる大富豪の？」

「そのようだ。いくら金があってもどうにもならんことがあるが、これもそのひとつのようだな」

「娘の名前は？」

「ああ、ホリー、ホリーだったと思う」

「それで、ほかの連中は誰なんだ？」

「ちょっと待ってくれ、全部どこかに書きとめておいたんだ。たぶん別のジャケットに入れてあるんだな。捜しているあいだ、マディと話していてくれ」

ローマンはデイジーの緊張をほぐそうとウインクしてみせ、それから説明のために受話器を手で覆った。

「ロイヤルがメモを捜しているあいだ、マディを電話に出させようとしているんだ」

甘い声がローマンの耳に飛びこんできた。

「こんにちは、ローマンおじさん」

「やあ、おちびさん。なにをしていたんだい？」

マディはため息をついた。ローマンには姪《めい》の表情が想像できた——彼の耳に〝欲しいものリスト〟をささやく直前に見せる表情だ。

「なにもしてなかったわ」

「このあいだ遊んでいたあの猫はどうなった？」

マディはまた大きなため息をついた。「もうあの子とは遊べないの。のみがついているんだもの」

ローマンは笑い声をあげ、この瞬間をデイジーと共有できたなら、と思った。

「ローマンおじさん？」

「なんだい、ハニー」

「いつ帰ってくるの？」

「雪がとけたらすぐにね」

ローマンの耳に大きなごつんという音が響いた。マディが走り去っていく足音が聞こえ、それから部屋のむこうから娘に呼びかけるロイヤルの声が聞こえた。ほどなく、ロイヤルが電話に戻ってきた。

「いったいあの子になんて言ったんだ？」

「別になにも」

「雪がなくなる前に雪だるまをつくるんだ、とか大声で叫びながら飛びだしていったぞ」彼は鼻を鳴らした。「こっちは汗ばむぐらいの陽気だってのに」

ローマンは笑った。「いつ帰ってくるかきかれたんで、雪がとけたらすぐにね、と答えたんだ。あの子は世界じゅうで同時に雪がふるものだと思っているらしいな」

「参ったな」ロイヤルはつぶやいた。「あの子と来週の天気のことでも話すとするか。まったくあの好奇心はどこからわいて出てくるのかわからんよ」

「ロイヤル……」ローマンがうながした。

「ああ、すまん。メモをとってきたぞ。それで、なにを知りたいんだ？」

「ほかの乗客のことだ。誰だかわかるか？」

「名前だけだがな。亡くなったのはパイロットのエベレット・ベイリー。ふたりの生存者は兄弟だ。ゴードン・マロリーとその弟のビリー。不動産の売買を手がけていた連中のようだ」

ローマンは眉をひそめた。「それで全部かい？」

「ああ、ただ……」

「ただ、なんだ？」ローマンは尋ねた。

「うん、もう今となってはどうにもならないことだが、行方不明の女性はマロリー兄弟のどちらかと駆け落ちしようとしていたらしい。たまらないな、結婚式の前日に恋人を亡くすなんて」それからロイヤルはひとりごとのようにつぶやいた。「実際、いつであろうが、愛する女性を失うのは地獄だよ」

ローマンの心はたちまち沈んだ。駆け落ち？　それは愛を――結婚するだけの強い愛を意味している。ああ、なんてことだ。「ベントンについては？」

「彼がなにか？」ロイヤルはききかえした。

「彼はデンバーに来ているのか？」

「ああ、そうだ。毎日捜索救助隊をけしかけているらしいが、無理もない。ぼくだって同じことをするだろう」

「彼がどこに泊まっているかはわかるか？」

ロイヤルはメモに目をやった。「いや、だがたぶん、デンバーでいちばん高級なホテルじゃないかな」

「ありがとう、ロイヤル。また連絡する」

「気をつけろよ、ローマン。またな」

電話は切れた。ローマンは背をのばしてデイジーを見つめ、彼女がホリーという名の女性であることを想像しようとしたが、うまくいかなかった。

「お兄さん、なんて言っていたの？」デイジーは尋ねた。「わたしは犯罪者なの？　ああ、お願いよ、ローマン。もうこれ以上耐えられないわ。わたしは誰かを殺したの？　わたしは町に戻ったら逮捕されるの？」

ローマンは彼女を抱きしめたかったが、これから言わなければならないことを考えると、距離をおくのがもっとも賢明な行動に思えた。

「ベントンという名前に思いあたることは？」

8

デイジーの心の奥でなにかが呼び覚まされたが、それは形にはならなかった。彼女は体をこわばらせ、沈痛な表情を浮かべた。「いいえ。覚えているべきことなの？」

ローマンは少し緊張をといた。デイジーの記憶が一気に戻るのではないか、と身構えていたのだ。

「たぶんね」しかし、心のなかではもう答えはわかっていた。彼女が飛びおりた飛行機と、墜落した飛行機が別だなどという偶然はあるはずがない。

デイジーはいちばん近くにあった椅子によろよろと歩み寄り、ぐったりと座った。両のこぶしを握りしめ、体はふるえている。「教えて。わたしは知らなければならないの……いいえ、知る権利があるはずよ」

　ローマンはため息をついた。デイジーの言うとおりだ。「飛行機の墜落事故がたしかにあった。嵐《あらし》の前の日に墜落したんだ。きみがここにたどり着いた時間から逆算して、一致する」

　デイジーはごくりとつばをのみこみ、無言のままでローマンの厳しい表情をじっと見つめた。怖かった――心の底から。

「雪がやむまで機体を発見することはできなかったそうだ。機内からは三人が収容された。パイロットは亡くなったが、乗客のふたりの兄弟は助かった」ローマンは髪をかきあげた。「雪がとけ次第、飛行機に乗っていたと見られる女性の捜索が再開されることになっているそうだ」

　デイジーの心は沈んだ。なんてこと、それはきっとわたしだわ。

「彼女は誰なの？」デイジーは尋ねた。

「名前はホリー・ベントン。デイビス・ベントンの娘だ」

　またしても心の奥でなにかがささやきかけてきたが、その声は小さすぎて聞きとれなかった。「そのデイビス・ベントンという人は、有名な人なの？」

　ローマンはうなずいた。「有名どころではない。億万長者だ。膨大なシェアでコンピューター市場を動かしている大物だ」

　デイジーはバッグの中身を思い浮かべた。それでわたしはあんな大金を持っていたのかしら。いいえ、どんなにお金持でも、バッグに何十万ドルもつめこんで持ち歩いたりするはずはない。

「それがわたしなの、ローマン？　わたしはホリー・ベントンなの？」

　ローマンは肩をすくめた。「その可能性が高い」

　デイジーは両手で顔を覆った。「ああ、なんてこと。どうしてそんなに大切なことが思いだせないの?」

ローマンは胸が締めつけられた。かつて自分が言ったように、ふたりにとって、お互いに対する疑念以上に悪いことがあるとしたら、それは罪悪感だ。デイジーは、まもなく花嫁になるはずだったことを覚えていないせいで。ローマンは、ほかの男性と結ばれるはずの女性を奪ったことで。

「ゴードンもしくはビリー・マロリーという名前に覚えはあるかい?」

〝ちくしょう、ビリー! なにをしているんだ?〟ふいに声が聞こえ、デイジーはびくっとした。同時に激しい恐怖が襲ってくる。「ど、どうして?」

ローマンは深く息を吸いこんだ。「なぜならホリー・ベントンは、その兄弟のどちらかと結婚するためにナッソーに向かう途中だったからだ」

デイジーはとっさに立ちあがった。「それはわたしじゃない……わたしじゃないわ。そういうことなら、覚えているはずだもの。愛している人のことなら……」

ローマンはデイジーの両肩をつかみ、自分のほうに向かせた。「真実から目をそむけてはだめだ。たしかにぼくらがしたことは、もうとりかえしがつかない。だが――」

デイジーはローマンから身を振りほどいた。目は大きく見開かれ、涙がこぼれ落ちそうだった。

「わたしの気持がわからないの? とりかえしなんかつかなくったってかまわないのに!」涙が頬をこぼれ落ちる。「それに、そんなことは真実じゃないわ! もしそうなら、ここでわかるはずだもの」デイジーはてのひらを自分の胸に押しつけた。

ローマンは思わず手を差しのべたが、デイジーは身をひるがえして階段へと駆けだした。彼もデイジーと一緒に逃げたかったが、どこにも行き場所はない。ひとたび真実が口にされてしまった以上、その存在を否定することは不可能だ。

ローマンが振り向いたとき、その顔から感情は消え去っていた。彼はこれまで、そうやって壁をつくり、その壁のむこうで生きてきたのだ。デイジーは死んだわけではない。しかし、ぼくは彼女を失うのだからそれと同じことだ。

ローマンは携帯電話をとり、紙とペンを捜しにキッチンに入った。デンバーのどこかに、娘を失ったと信じている男と、未来の妻を失ったと信じている男がいるのだ。彼らを悲しみから救ってやらなければ――。

デイビス・ベントンがホテルの自分の部屋へ向かって廊下を歩いている途中、電話が鳴りはじめた。その音は彼の部屋から聞こえていた。デイビスは急いで鍵《かぎ》を開け、電話に駆け寄った。「もしもし、ベントンだが」

その声を聞いた瞬間、ローマンは胃が締めつけられるのを感じた。これでデイジーとのあいだの距離はさらに広がってしまうのだ。「ミスター・ベントン、ぼくはローマン・ジャスティスといいます。テキサス州ダラスの私立探偵です」

デイビスは眉をひそめた。すでにいくつか、うさんくさい電話がかかってきていた。死んだパイロットの家族を告訴してはどうか、と提案してきた弁護士、娘は無事で、どこかの洞窟《どうくつ》で穏やかに眠っているのが見える、と主張する超能力者。電話をこのまま切ってしまいたいという衝動に駆られたが、なにかがデイビスをためらわせた。

「ミスター・ジャスティス、きみがどんな情報を提供するつもりでいるか知らんが、わたしの役にたつとは思えない。申し出はありがたいが――」

「今ぼくのそばには、自分の名前を思いだせない女性がいます。数日前、ぼくは釣りをするためにコロラドのキャビンに来て、彼女がなかにいるのを見つけました。彼女は飛行機からパラシュートで飛びおりたと言っています」

デイビスは凍りついた。お願いです神さま、これが詐欺でありませんように。

しばらく沈黙が流れ、一瞬ローマンは電話を切られたのかと思った。「ミスター・ベントン？」

デイビスは、冷静さをとりもどそうとしながら口ごもった。「もしわたしから金をしぼりとろうというつもりなら、絶対に――」

ローマンはすかさず口をはさんだ。「いいですか、ミスター・ベントン。ぼくはあなたの金は欲しくありません。ぼくはあなたではなく、デイジーを助けたいんです」

デイビスの心は沈んだ。「それはわたしの娘じゃない。娘の名前はホリーなんだ」

「さっき言ったように、彼女は自分が誰か思いだせないんです。デイジーという名前はぼくが勝手につけたものです」

デイビスの膝から力が抜けた。「神さま、ああ神さま」

「ミスター・ベントン、娘さんの特徴を話していただけませんか？」

デイビスは眉をひそめた。「いや、きみのほうがその……デイジーの外見を教えてくれ」

ローマンは喉のつかえをのみ下した。「デイジー、ちょっとこっちに来てくれないか？」

デイジーの顔には、はっきりと恐怖が浮かんでいた。それでもローマンの腕に抱きしめられると、彼女はつかのま自分が安全なことを理解した。

ローマンはデイジーの顔を見つめながら、デイビス・ベントンに話しかけた。「彼女は長身ではありません。ぼくの身長は約百八十センチで、彼女の頭がぼくの顎にふれるかふれないかといった程度です。黒っぽい髪で、肩までの長さです。目はグリーンで、顎の下にごくわずかな傷あとがあります。笑うと、鼻柱のすぐ上にしわが寄って――」

デイビスは泣きはじめた。「それはわたしのホリーだ。お願いだ、あの子の声を聞かせてくれ」

ローマンは心臓が沈みこむような思いを抱きながらデイジーの顔を見つめた。

「ひとつだけ理解しておいてください、ミスター・ベントン。彼女はたぶんあなたのことも覚えていないはずです」

デイビスはうなずき、それから相手には見えないことに気がついた。「ああ、わかった。とにかく声を聞かせてくれ。声を聞けばはっきりわかるから」

ローマンはデイジーに携帯電話を手渡した。「彼はきみと話したがっている」

デイジーの手はふるえていたが、声は冷静だった。ローマンがそばについてくれている限り、なにがあっても大丈夫だ。「もしもし？」

デイビスはあらたなすすり泣きに喉をつまらせた。「ホリー？　ホリー？　おまえなのかい？」

デイジーはため息をついた。「わからないけれど、そうであることを願うわ」

デイビスの脈が速くなった。この声！　どこにいてもわかる娘の声だ！

「ホリー、ああ、たしかにおまえだ。なんてことだ、どうしてこんなことになったんだ？　どうしてパラシュートで飛びおりたりしたんだ？　どうしてもっと早くに電話をくれなかった？　どうして――」

デイジーは青ざめた。どれも答えられない質問ばかりだ。彼女はローマンに電話をつきかえし、彼の胸に顔をうずめた。

ローマンはデイジーの手から電話をとって、彼女を抱き寄せた。「ミスター・ベントン、デイジーはひどく動揺しています。彼女は今回のことで神経をすり減らしているのです」

デイビスは深呼吸した。「ああ、ああ、申し訳ない。ただ、知りたいことがあまりにもたくさんあったもので」

「もちろんそうでしょう、それは彼女も同じです。不幸にも、彼女は木にぶらさがっていた前のことはなにひとつ覚えていないのです」

デイビスの声が一オクターブあがった。「木だって？」

「ええ。彼女は森に落ちて、パラシュートが枝にからまったんです。一部始終は後日、彼女自身の口から聞けるでしょうが……」

デイビスはうれしさを隠すことができなかった。「そこへの行き方を教えてくれ。一刻も早く抱きしめたい」彼の声がつまった。「娘の葬儀を営む覚悟を決めねば、と考えていたところだったんだ」

ローマンはデイビスの思いが痛いほどに理解できた。たった今、彼は同じ喪失感に直面していたからだ。「よくわかります。ただ、まだ雪が積もっていてここまで車で来るのは無理だと思いますが」

「車など使わん」デイビスは叫んだ。「ヘリコプターで行くよ。いちばん近くの町がどこかさえ教えてくれれば、こちらでそこを見つけるよ」

ローマンの説明が終わると、デイビスは腕時計に目をやった。

「今日はもう暗くなってしまうから、明日の朝いちばんで向かうよ」喜びに、彼の声はまた高くなった。「そうだ、ゴードンのことをすっかり忘れていた。彼も大喜びするだろう。娘と彼は駆け落ちしていたんだよ！」

デイジーの肩にまわされたローマンの腕に無意識のうちに力がこめられた。ということは、彼女の相手はゴードン・マロリーのほうか。

「ミスター・ジャスティス、きみにはこの電話が、わたしにとってどれほど意味があるかわからないだろうな」

そしてミスター・ベントン、あなたにはこの電話のためにぼくがどれほど犠牲を払ったか、決してわからないだろう。「いや、よくわかります」

「もう一度ホリーと話をさせてくれないか？　わたしが迎えに行く、と直接伝えたいんだ」

ローマンはデイジーに電話を手渡した。「さあ」彼は静かに言った。「そのまま切らないようにな。ここまでやってこれたんだ。今ここで断ち切ってはだめだ」

デイジーは電話を耳にあてた。「もしもし」

「ホリー、さっきはすまなかった。おまえの気持も考えずにひどく興奮してしまって」

デイジーは運命の真実を受け入れ、ゆっくり息を吐きだした。「ええ、わかるわ」

「よかった！　わたしはただ、明日の朝いちばんにおまえを迎えに行くと伝えたかっただけだ」

デイジーはまたパニックに襲われてローマンを見あげた。「でも、そんなことは不可能だわ。まだたくさん雪が積もっているもの」

デイビスは笑った。「そんなことでわたしをとめることなどできんよ。そっちにはヘリコプターで行くつもりだ。明日の今ごろは、おまえは無事に自分の家に落ち着いているはずだ。もう悪夢にうなされることもない」

デイジーはなにも答えられなかった。胸が張り裂けそう。ローマンがそばにいてくれれば、この世の天国をかいま見ることができた。彼のもとを去ることなど、とても考えられない。

「そうだ」デイビスは言い添えた。「これから病院に行って、ゴードンに直接伝えることにするよ。未来の妻が生きていたことを知ったときの彼の顔を見るのが楽しみだ」

これこそ本物の悪夢だ。「誰かと結婚の約束をしたことなんて覚えていないわ」デイジーはあわてて言った。「お願い、ミスター・ベントン、わたしはそんな――」

デイビスが口をはさんだ。「わかっている。わかっているよ。ゴードンに知らせてやりたいだけなんだ。お願いだから怖がらないでくれ。おまえが自分の家に帰るのを怖がるなんて考えるのは耐えられん」

デイジーはため息をついた。「ええ、あなたがわたしの気持を理解してくれているなら」

「もちろんだ、もちろんだとも」デイビスは早口で言った。「さあ、今夜はゆっくりやすんでくれ。明日会おう」

「ええ、明日ね」デイジーが電話を切ろうとしたとき、デイビスの叫び声が聞こえた。「え？　なんですって？」彼女はききかえした。

デイビスは自分の声がふるえているのがわかっていた。しかし、心に浮かぶ思いを娘に今すぐ告げずにはいられなかった。「ホリー」

「なに？」

「愛しているよ。心から」

電話が切れると、デイジーは電話をローマンに渡した。彼女はローマンの顔を一度だけ見ると、背を向けて歩み去った。

ゴードンにとって長い午後が過ぎた。過去数週間の出来事を幾度となく考えなおしていたので、頭が痛くなってしまったほどだ。一度顔をあげたときに、開いていたドアの前を制服の警官が通るのが目に入った。どっと汗が噴きだす。しかし、警官はちらりと視線を投げただけで通りすぎていった。彼は安堵《あんど》のあまり、ヒステリックな笑いをこぼした。

夕食を半分ほど食べおえたところで、廊下からデイビス・ベントンの声が聞こえてきた。ゴードンはフォークを置き、精いっぱい悲しげな表情をとりつくろった。

デイビスは駆けこむように病室に入ってきた。不可解なことに満面に笑みをたたえている。

ゴードンは眉をひそめた。いったいどうしたというんだ？　娘を失ったばかりの男とは思えない態度だ。

「ミスター・ベントン、来てくださってありがとうございます」

デイビスは笑い声をあげて両手をたたいた。「もう待ち切れん。あの子は生きているんだ！」

ゴードンは凍りついた。そんなばかな。彼女が首にあのバッグをさげて飛行機から飛びだしていったのをこの目で見ているのだ。もし落下の際に死ななかったとしても、あの嵐のなかで生きのびられたはずがない。「冗談はよしてください」

「冗談なんかじゃない」デイビスは歓声をあげた。「これは奇跡だよ！」

「どうしてわかるんです？　たぶんなにかの間違いだ！」

「違う！　違う！　間違いじゃない！　わたしはあの子と電話で話したんだ」デイビスは喜びを抑え切れずにくるりと一回転した。「あの子の声をこの耳で聞いたんだよ。神さま、あの子の声だった！」

ゴードンはふるえて、テーブルの上のトレイを引っくりかえしてしまった。すぐに、その音を聞きつけた看護師がふたり駆けこんできた。

デイビスはそのひとりを抱きしめ、もうひとりの背中を笑いながらたたいた。「騒がせてすまない。すべてわたしの責任なんだ」

ゴードンは、次の瞬間にも昼間見かけた警官が部屋に入ってきて自分を逮捕するものと確信した。ただ理解できないのは、どうしてデイビスが自分の前でこんなににこにこしていられるのか、だ。ホリーと電話で話したのなら、彼女からすべてを聞いたのだろうに。

看護師が出ていくと、ゴードンは息をつめ、父親の怒りの斧《おの》が振りおろされるのを待った。「ミスター・ベントン、ぼくは決して――」

デイビスがそれをさえぎった。「これまでずっとわたしたちはあの子が死んだと思っていた。口には出さなかったものの、心のなかではね」

ゴードンはうなずいた。それについては異存がない。

「ひとつ小さな問題がある」デイビスの顔がわずかにくもった。「だが、時間がすべてを解決してくれるとわたしは信じている」

ゴードンは身構えた。ついに来るぞ。

「あの子は記憶を失っているんだ。わたしのことがわからんのだよ」

デイビス・ベントンが病室に入ってきてからはじめて、ゴードンは心の底から喜びを覚えた。おれの運はまだつきていないらしいぞ。「じゃあ、ぼくのことも？」

デイビスは悲しげな表情で言った。「残念だがそうなんだ。きみのことも覚えていない」

ゴードンは枕《まくら》に頭を戻して目を閉じた。

これぞ天の助けだ。

デイビスは、ゴードンのしぐさを絶望のせいだと読み違えた。「心配しなくていい。あの子を家に連れて帰れば――なじんだ環境に連れもどしてやれば、きっとすぐに自分をとりもどすさ。だが今のあの子にとっては、わたしたちは見知らぬ他人も同然だ。プレッシャーを与えるようなことだけは避けないと。あの子の心理状態はとても不安定なんだ」

ゴードンは安堵のあまり叫びたい気分だった。

デイビスはそのあとすぐにホテルに帰り、ここ数日間ではじめて、胸に希望をあふれさせてベッドに入った。

一方ゴードンは、もしホリーが生きているならあの金もどこか近くにあるはずだ、と自分を慰めながら眠れぬ夜を過ごした。

ローマンがあらたな薪《まき》を暖炉に投げ入れたところに、デイジーがバスルームから出てきた。彼女はローマンのスウェットシャツを着ていたが、どうやらその下にはなにもつけていないようだ。髪は濡《ぬ》れており、顔はさっぱりとしている。

ローマンはデイジーを抱きしめたかったが、彼女は別の男と婚約しているのだ、と自分に言い聞かせた。

デイジーは深く息を吸いこんで言った。「明日が怖いわ」

ローマンは顔をあげ、うなずいた。彼も同じ気持だった。

デイジーはすすり泣きを始め、顔がくしゃくしゃになった。それからこぶしをかためて両脚を乱暴にたたきながら、部屋のなかを歩きまわった。

「いやでたまらないわ。すべてがいや。思いだしたいと願ったのは間違いだった。あなた以外のことは思いだしたくない」彼女はソファに崩れ落ちると、両手に顔をうずめた。

もう離れてはいられない。ローマンはデイジーの前にひざまずき、顔から両手をはずさせてやさしく呼びかけた。「ぼくを見て、ベイビー」

デイジーは言うとおりにした。ローマンにさからうことなんてできはしない。

「お父さんに会えば、恐怖が消えるかもしれないと考えたことはないのかい？」

「そんなはずがないもの」デイジーは泣きつづけ、

両腕をローマンの首に巻きつけた。

ローマンはデイジーを引き寄せた。「そうとは言い切れないよ」

「ローマン、あなたはわかっていないわ。わたしはあなたを愛しているし、あなたと愛を交わした。その事実はわたしの心に刻みこまれているの。あなたがわたしの前からいなくなるのが怖い。あなたと二度と会えなくて、この胸の痛みのせいで死んでしまうのが怖いのよ」

ローマンの心は、デイジーの言葉にずたずたに引き裂かれた。息を吸いこむのも苦しい。こうして彼女にふれながら、彼女が誰か別の男のものなのを思い知らされるのは拷問だった。しかし、ローマンは彼女のためにも強くあらねばならない。デイジーはもうぼくのものではないのだ。いや、これまでだってぼくのものではなかった。ローマンは彼女の腕をつかみ、揺さぶった。

「きみは前にも死ななかったんだ。今度だって死にはしないさ」

「ローマン、それは違うわ。わたしは――つまり、ホリーは死んだの。あなたはデイジーをこの世に生まれさせてくれた。わたしが知っているのはデイジーとしての自分だけなのよ」

ローマンはデイジーの手をとり、そっと唇をあてた。傷はほとんど治っている。かすかな傷あとが、事故の最後の痕跡《こんせき》だった。すぐに彼女もこの傷あとと同じように消えてしまうだろう。運命の理不尽さに、彼はやり場のない怒りを覚えた。

デイジーは身を乗りだした。彼女の唇がローマンの口もとをなぞり、それから唇に重ねられた。

「ローマン、お願いだからわたしを行かせないで。わたしのために戦ってちょうだい。明日、デイビス・ベントンにわたしとあなたは特別な関係だと言って」それからデイジーの声はガラスのように砕けた。「それともわたしは勘違いしているだけ？　このことを大切に思ってるのは、わたしだけなの？」

ローマンの目が、怒りでブルーからグレーに変わった。

「そんなことを言うんじゃない」ローマンは吐き捨てるように言い、それから深呼吸した。デイジーは魂をむきだしにしてぶつかってきてくれた。ぼくにできることは、自分の胸のうちを伝えることだけだ。「きみを大切に思っているよ。だがぼくが愛したのはデイジーだ。ホリーは別の男と結婚する」

デイジーは激しく泣きはじめた。「違うわ！　結婚なんてしない！　明日が永遠に来なければいいのに」

ローマンはデイジーを腕のなかに包みこみ、顔を彼女の首筋にうずめた。

デイジーはローマンの髪に指を差し入れ、顔をあげて自分の目をまっすぐに見つめさせた。

「今日はまだ終わっていないわ。わたしはまだデイジーよ。わたしを愛して、ローマン。手遅れにならないうちに」

ローマンのなかのすべてがノーと答えている。しかし、彼の心はその言葉に耳を傾けなかった。彼は鋭く息を吸いこんで、デイジーを引き寄せた。「別れがつらくなるだけだ」

デイジーは首を振った。「これ以上つらくなることなんてないわ」

もはやローマンには反論する気力は残っていなかった。そして彼は、デイジーが思っている以上に彼女を激しく求めていた。

9

ローマンは頭ではノーと言っていたが、心ではイエスと叫んでいた。彼はデイジーを抱きあげ、ロフトに通じる階段へと歩きはじめた。彼が立ちどまると、デイジーは顔をあげた。これ以上先に進む前にきいておかなければ。「後悔しないかい？」

涙でくもった目で、デイジーは首を振った。「そんなこときかないで。少なくとも今夜だけは、この悪夢を追い払ってほしいの」

もはやこれ以上拒むことなどできない。ローマンはデイジーを抱きあげたまま階段をのぼった。この心臓が張り裂けそうな音が、彼女にも聞こえているだろうか。デイジーをベッドに横たえたとき、ローマンの視界は涙でぼやけていた。ふたりはお互いを見つめあった。

デイジーがスウェットシャツに手をのばすのを、ローマンがとめた。「だめだ、ベイビー。ぼくにやらせてくれ」ローマンはやさしく言い、シャツを引きあげ、彼女の体をあらわにした。

「ローマン、わたしが決して忘れないように愛して」

デイジーの言葉は、ローマンの心を引き裂いた。あまりのせつなさに、痛みは怒りへと変わった。彼は自分の服を乱暴に脱ぎ捨て、デイジーの上に体を重ねた。全身がこらえきれない情熱にふるえている。彼はデイジーの両腕をつかむと頭の上に持ちあげ、唇に唇を強く押しあてた。

「絶対に忘れさせない！」ローマンは激しい口調で言った。「きみはぼくのものだった。たとえ、きみのことを最初に知っていた男に対してはフェアじゃなかったとしても」

デイジーはつかまれていた腕を振りほどき、ローマンの首に巻きつけた。「それなら、決して消えないあなたの思い出をちょうだい」

愛撫《あいぶ》もなしに、ローマンはいきなり体を重ねた。デイジーのなかに自分自身をうずめたい。そしてそのまま、永遠にそうしていたい。

デイジーも身をのけぞらせて激しく応《こた》えたが、それでも欲望は満たされなかった。体じゅうが燃えあがり、なにも考えられない。

時間は意味を失った。肌と肌がふれあう音、せわしないあえぎ声、そしてやわらかな意味を持たない叫びが、やがて甘い歓《よろこ》びのうめきに変わった。

デイジーが先に天国へとのぼりつめた。その絶頂の波につかみとられ、ローマンはあらがうのをあきらめて彼女の奥深くへ自分をとき放った――彼という存在のすべてを。


ローマンはまんじりともせずに一夜を過ごした。最後に愛を交わしたあともデイジーを腕のなかに抱いたまま、ベッドのなかで彼女の横顔をじっと見つめていた。夜が明けはじめたとき、まだ彼女の顔には涙のあとが残っていた。

新しい始まりを意味しているはずの夜明けが、ふたりにとっては終わりが近づいていることを意味していた。ローマンはすべての感情を追い払い、これから起こるにちがいないことに意識を集中した。

ふたりの世界を踏みにじるヘリコプターの音。

娘を捜す父親。

デイジーが思いだせない――思いだしたくない過去への回帰。

ローマンはあの大金のつまったダッフルバッグのことをずっと考えつづけていた。しかし、いくら考えても筋の通った説明は思いつかない。

ホリー・ベントンは富豪の娘なのだから、盗みをする必要はない。しかし彼女が莫大《ばくだい》な金を持っていたことは事実だ。ホリーはその金の出どころを知っていたのだろうか？

デイジーがローマンの腕のなかで体を動かした。彼は一緒にいられる最後のひとときを惜しんで、腕に力をこめた。するとデイジーは目を開け、なにも言わずに彼を見あげた。沈黙のなか、彼女の顔にはまだ非難の色が見える。

もしわたしを愛しているのなら、手放したりしないで。

ローマンはてのひらでデイジーの頬を包みこみ、無言で理解を求めた。彼には選択権はないのだ。

デイジーはぐったりと力を抜き、ローマンの胸に顔をうずめた。「ああ、朝が来てしまったのね」

デイジーの声には絶望がにじんでいた。彼女がどう感じているかははっきりとわかる。しかし、避けられないことを先送りにするのは無意味だ。「もう起きたほうがいい。お父さんが到着したときに、服を着ていたほうがいいだろう」

「彼にとってはそうでしょうけど、わたしにはそんな必要ないわ」

ローマンは最後にもう一度デイジーを思い切り抱きしめると、ベッドからはいだしてジーンズをはきはじめた。「朝食をつくるよ」

「食べたくないわ」デイジーが言った。

「それならコーヒーくらいは飲めるだろう」

デイジーはベッドの端に座って、床をじっと見つめた。「わたしがこのベッドの下からはいだしてきた夜のことを覚えている？」

ローマンはブーツに手をのばして、その手がふるえていることに気がついた。あの夜はもう遠い昔のことのようだ。彼もベッドの端に腰をおろし、ブーツを履きはじめた。「ああ、覚えている」

「わたしは死ぬんだ、って覚悟していたわ」デイジーの顔にかすかな笑みが浮かんだ。「でもわたしは死ななかった、そうよね？」

ローマンはうなずいた。

「それが、ずっとあなたがわたしに言おうとしていたことでしょ？」

「どういう意味だい？」

「なによりも怖いのは、すべてが不たしかなことなの。あなたのことは愛している。デイビス・ベントンを愛していたかは覚えていないけど、たぶん愛していたのでしょうし、彼とはきちんと会うべきなのもわかっているの」

「いい子だ」

「でもその代わりに、あなたにしてほしいことがあるのよ」

「言ってみてくれ」

「あのお金を預かってほしいの。心のなかでなにかが、あれをわたしが持っているのは危険だと告げているような気がするのよ。さしあたっては、誰にもわたしがあれを持っていることを知られたくないの」

ローマンは眉をひそめた。「気に入らないな。ぼくとしては、お父さんに見せるべきだと――」

「だめ！」その声には、有無を言わせぬ強さがあった。「すべてを思いだすまでは、誰を信用したらいいのかわからないのよ。わたしが唯一知っていて信頼できるのは、あなたなの」デイジーは立ちあがり、体を隠すようにシーツをつかんだ。「わたしを助けてくれる？」

ローマンは良識に反していると知りつつ同意した。「もちろんだ、それはわかっているだろう。じゃあこうしよう。きみから数日以内に連絡がなければ、あの金の扱いはぼくが判断させてもらう」

デイジーはうなずいた。「当然だと思うわ」

ローマンは着替えを終えると、自分がやっかいごとに首をつっこもうとしていることを承知しながら階段をおりた。だが、デイジーが誰を信じたらいいのかわからない、と言うのはもっともだ。そして何者かがあの金を奪いかえそうとする可能性は大いにある。金の出どころがはっきりするまでは、ぼくが安全なところに隠しておくほうがいい。

ふたりは並んでポーチに立ち、ヘリコプターが高度をさげて近づいてくるのを見つめていた。デイジーはローマンに体を寄せ、それから彼の手をとった。

ローマンは、自分がそばについていることを示すように指をからめてデイジーの手を握った。「ホリー、彼らが着いたよ」

デイジーは驚いてローマンを見あげた。「どうしてそんなふうにわたしを呼ぶの？」

「それがきみの名前だからだ」

「もしわたしがいやだと言ったら？」

ローマンは首を振った。

背の低い、がっしりした男がヘリコプターから出てきた。

なにかがデイジーのなかでかちりと鳴った。彼が誰かはわからなかったが、緊張をほぐしてくれるような親近感が心のなかにわきあがってきた。

「落ち着くんだよ、ベイビー」ローマンが呼びかけた。「万事うまくいくさ」

デイジーはローマンを見あげて、首を振った。

「わたしにはそう思えないわ」

「ぼくがついているじゃないか」

「いつまで？」デイジーはそうつぶやくと、近づいてくる人物に目を戻した。「あなたはわたしを追い払おうとしているのよ」

ローマンはうめき声を押し殺した。「追い払うわけじゃない。きみは家に帰るんだ。まるで違うよ」

デイジーはゆずらなかった。「今立っているここが、わたしの知っている唯一の家よ」

「もう充分にやっかいなのに、話をややこしくしないでくれ」

デイジーの目がきらりと光った。「それなら彼らにわたしを渡さないで……」

近づいてきたデイビス・ベントンは、デイジーの最後の言葉を耳にして、すかさず口をはさんだ。

「ホリー、わたしはおまえが望まない場所に連れていったりはしないよ」

デイジーは体をこわばらせ、見知らぬ男の顔を長いあいだじっと見つめていた。

「デイビス・ベントン？」

デイビスにとっては、予想以上のつらさだった。自分が娘に恐怖心を与えるとは。「ああ、そうだ、わたしはデイビス・ベントン。おまえの父親だよ」

今この瞬間まで拒んでいたが、もう否定しようがない。わたしは本当にホリー・ベントンなのね。デイジーは足を踏みだして、手を差しだした。

デイビスはおずおずとその手を握った。娘を抱き寄せたかったが、軽く握手をするだけにとどめた。

「きみがローマン・ジャスティスだね？」デイビスはローマンのほうを向いて尋ねた。

ローマンはうなずいた。

デイビスの笑みが大きく広がった。その顔には、感謝の念と喜びがはっきりと浮かんでいる。

「きみはわたしに生きる理由をとりもどさせてくれたんだ。どう感謝すればいいかわからないよ」

ローマンは視線を下に落とした。デイジー――ホリーは、ふたりから距離を置くかのように、よそよそしい表情を浮かべている。ローマンはデイビスに視線を戻した。「娘さんの面倒をしっかりと見てくだされば、それだけで充分です」

「それは約束する」デイビスはそう答え、ホリーが着ている服に目をやった。「せめて、奥さんの服の代金を支払わせてもらえないだろうか」

ローマンはぴくりとも表情を変えなかった。「ぼくは結婚していません。それに、ぼくが望むのはホリーの安全だけです」

デイビスはホリーから彼女の横に立っている男へ、そしてまたホリーへと視線を動かした。ふたりは手を握りあっている。それ自体はおびえている女性を安心させるためのしぐさでしかない。それから彼は娘の顔に浮かぶ表情を見つめた。ゴードンとデートをしていたあいだに、今隣の男に向けているような顔をしていたことは一度もなかった。デイビスの心のなかに怒りがこみあげてきた。この男は、娘が無防備なところにつけ入ったのだろうか？

ローマンにはデイビス・ベントンの心の動きが手にとるようにわかった。「ミスター・ベントン」彼の声には、警告以上のものがこめられていた。

「なんだね？」

「そんなことは考えないでください」

デイビスは顔を赤らめた。「なんのことか、わたしには……」

「ぼくの言っている意味はわかっているはずです」

ローマンは言った。「そんな考えは頭から消し去ってもらえませんか」

ホリーはしばしとまどっていた、それからふいに言外にこめられた意味を理解した。たちまち彼女は怒りをほとばしらせた。

「ミスター・ベントン、もしわたしになにか言いたいことがあるなら、はっきり言って」ホリーは叫んだ。「わたし以外の人を責めないで。わたしはホリーの気持は代弁できないけれど、デイジーのためになら話せるわ。彼女はおとなの女性よ。自分で決めたことをするのに、誰の許可もいらないわ」

娘にミスター・ベントンと呼ばれたとき、デイビスは不安になった。この女性は、かつての娘よりも間違いなく毅然《きぜん》としている。「きみの言うとおりだ。二十七歳の女性は、なにをするにも父親の許可は必要ない」

ホリーは緊張をときながら、自分がまだ二十七歳だというあらたな情報を頭にしみこませた。ここ数日の体験のあとでは、すでに一生涯を生きぬいたような気分だ。「それなら、わたしを裁こうとしないで。そんなことは我慢できないわ」

「ああ、もっともだ」デイビスはゆっくり息を吐きだした。このふたりのあいだになにがあったにせよ、娘は文句を言われる筋合いはないと主張するつもりらしい。「ミスター・ジャスティス、本当にきみは一緒に乗らないでいいのかね？　空から見た限りでは、道はまだ通れそうにない状態だったが」

ローマンは首を振った。「けっこうです」

デイビスは娘を見やった。「なにか持って帰りたいものはあるかね？」

ホリーはローマンを見た。持っていきたいのは彼だけよ。「いいえ、ないわ」

「それなら出発するとしよう」デイビスは言った。「ラスベガスに戻る飛行機もチャーターしてある」

これでお別れだ。ホリーはローマンのほうを向き、手遅れになる前にこの間違いをとめてほしいと最後の懇願の表情を投げかけた。

「ホリー」ローマンがつぶやいた。

ああ、やっぱりわたしを行かせるつもりはなかったのね。ホリーは一歩踏みだしたが、ローマンの顔に浮かぶ表情がその足をとめさせた。「なに？」

「真実を見つけるんだ。真実がきみを自由にしてくれる」それからローマンは手をホリーの顔に近づけ、目にかかっていた髪を払った。「連絡するよ」

ホリーは重大なことに気づいた。「わたしはあなたの連絡先を知らないわ！」

「ちょっと待っていてくれ。すぐに戻る」ローマンはふたりを残してキャビンのなかに姿を消した。

デイビスは口にするのを待つべきだと知りつつ、ホリーに向かって言った。「婚約者が病院でおまえを待っている。家に戻る前に、彼のところに寄ろう」

「わたしには婚約者なんていないわ」ホリーはぴしゃりと言った。

デイビスはなおも言い張った。「いや、おまえは飛行機が落ちたとき、駆け落ちしようとしていたんだよ。ジャスティスから聞いていないのか?」

ホリーは反抗的に顎をつきだした。「ちゃんと聞いたわ。彼に言ったのと同じことをあなたにも言うけど、わたしはそんなことは信じていない。それが本当のことだと感じられないの」

「ただ覚えていないだけさ。時間がたてば、必ず全部思いだすよ」

ホリーはデイビスをにらみつけ、自分に言い聞かせるように言った。「わたしは指輪をはめていない。ということは、婚約していないということよ。その人とわたしは、知りあってどれくらいになるの?」

デイビスは驚いた顔になった。「ああ、三、四カ月といったところだと思うが」

「わたしは、よく知らない男性と駆け落ちするような、衝動的なタイプの娘だった?」

デイビスは首を振った。「いや、むしろあらゆることにとても慎重だった」ホリーにじわじわと追いつめられていることがデイビスにはわかっていた。

「たしかに駆け落ちと聞いて少しは驚いたが、彼がそう言うのだから——」

「ということは、話の前提になっているのは、わたしのことを死んだと思っている男の言葉だけなのね」

デイビスは眉をひそめた。「いいかい、おまえは混乱しているだけなんだ。おまえが望まないことを強制するつもりはない、と言ったわたしの言葉を信じてほしい。とにかく家に帰ろう。わたしたちが正しいことを証明するチャンスを与えてくれないか」

「わたしには選択の余地なんてないものね」

そのときローマンが戻ってきた。「さあ、これを」彼はホリーに名刺を手渡した。「ぼくは定期的に留守番電話をチェックしている。メッセージが入っていれば、できるだけ早く連絡するから。いいね？」

ホリーは名刺を握りしめ、ヘリコプターが着いてからはじめてかすかな安堵《あんど》を覚えた。少なくともこれで、彼を永遠に失うような気分は消えた。

デイビス・ベントンがそばにいるのを無視して、ホリーはローマンの首に両腕を巻きつけた。「本当にありがとう」

ローマンはホリーを思い切り抱きしめた。「必ず連絡するよ」彼はささやいた。


ローマンが驚き、デイビスが困惑したことに、ホリーは体を離す前にローマンの唇に音をたててキスをした。

デイビスは娘の腕をとり、ヘリコプターのほうに向かって歩きはじめた。ホリーはなにかを期待しているかのように、何度も後ろを振り向いた。

そしてヘリコプターが飛びはじめてからも、ホリーの視線はポーチに立っている男に釘《くぎ》づけになったままだった。ホリーが見ているあいだずっと、ローマンが彼女のことを見つめかえしてその場から去らずにいてくれたのがうれしかった。

ホリーは反抗的な表情で病院のエレベーターをおりた。「言っておくけど、こんなことはわたしの希望にはまるで反しているわ」

デイビスはホリーの腕をとって、廊下を進ませた。

「だが、記憶を呼びもどす引き金になるかもしれないんだよ？　思いだしたくないのかい？」

　思いだしたくてたまらないわ。しかしホリーはその理由は説明しなかった。あの百万ドルのことを自分に説明できるようになるまでは、ほかの誰にも話すつもりはない。

「ここだ」デイビスはドアのわきによけ、ホリーに先に入るようにうながした。

　その瞬間、ホリーは今隣にローマンがいてくれたら、と願った。彼女は深呼吸して心の準備をし、ドアを開けた。

　ゴードンはうたた寝をしていた。腕にふれられて目を覚まし、誰かが名前を呼ぶ声に目を開けた。次の瞬間、ホリー・ベントンがベッドのわきにいるのを目にして彼は息をのんだ。無表情で探るような彼女の目に、ゴードンの心臓はとまりそうになった。ふたりを再会させればあるいは、と思っていた期待が裏切られたことに気づき、デイビスが口を開いた。「きみの気持はよくわかる。この子を見たときは、わたしも喜びのあまり言葉がなかった。わたしたちは幸せ者じゃないか？」

　ゴードンはうなずき、ほほえもうとした。実際に感じている不快感が顔に出ていないことを願った。「なんてことだ」なにか適切な言葉を口にしなければ。「ホリー……いとしいホリー、これは奇跡だ」

　ホリーはなにも答えなかった。彼女はゴードン・マロリーの顔をじっと見つめつづけた。見れば見るほど彼のことが信じられなくなる。わたしの目をまっすぐに見つめかえそうとしないし、わたしに会えてもうれしそうではない。むしろ、おびえているように見える。

　ホリーの顔に浮かんだ冷たい表情と沈黙が、ゴードンの不安をかきたてた。彼は、デイビスに不安げな一瞥《いちべつ》を投げた。「彼女はどうしたんです？　しゃべることもできなくなってしまったんですか?」

ホリーが自分で答えた。「声も心も、なにも問題はないわ。ただあなたたちのことを思いだせないだけ。こうしているのがわたしにとってどれほど落ち着かない状況かわかるはずよ。わたしは他人の前に投げだされて、相手の言葉をすべてうのみにしろ、と迫られているところなの。そんなことはできないわ」

「ああ、もっともだ」デイビスが素早く言った。

「誰もおまえにそんなことは――」

ホリーがさえぎった。礼儀をとりつくろうだけの忍耐力はすでに失われてしまっていた。「わたしはあなたとラスベガスに戻ると約束したけれど、覚えていない約束のほうは守るつもりはないわ。わたしはこの人と結婚するつもりはありません。絶対に」ホリーはゴードンに向きなおり、グリーンの目で冷ややかに見つめた。「わたしの立場はわかってくださるわね。あなたが一日も早くよくなることを願っているけれど、今後あなたとはどんな種類のおつきあいもするつもりはありません」

ゴードンの体を怒りが貫いた。なんて生意気な娘だ。こいつがぼくの金のありかを隠すために記憶喪失を装っているんじゃないと、どうして言える?

デイビスは娘の腕をとった。「ホリー、ここに来たことが間違いだったとわかったよ。みんなで家に帰って、落ち着いてからにするべきだった」

ホリーは父親に驚きの視線を投げた。「みんなで家に帰るってどういう意味?」

「つまり、わたしは屋敷で療養できるようゴードンと彼の弟のビリーを招いたんだ」

ホリーは追いつめられた気分になった。ローマン、いったいどうしてわたしをこの人たちに渡してしまったの? それから彼女は名刺のことを思いだした。電話をすれば、彼とは連絡がつくんだわ。

「かまわないわ、西側の棟の部屋はいつもお客さまのためにあけてあるのだから――」

その言葉に、ふたりの男は呆然《ぼうぜん》とホリーを見つめた。

ホリーは肩をすくめた。「ずっとこんな調子なの。口にするまで、自分がなにを言うかわからないのよ。ローマンはこれは自然なことで、ある日すべてを思いだすだろうって言ってたわ」

デイビスの気持は浮き立った。今の出来事は、ホリーを診察した医師の言葉を裏づけてくれる。これは明るい兆しだ。彼は娘を抱きしめたい思いをこらえた。

一方ゴードンは、恐怖に金しばりになっていた。時間がたてばたつほど、警察からのがれるチャンスは減るばかりだ。ビリーの回復とホリーの帰還とのあいだで、彼は破滅へのさらなる一歩を踏みだしていた。

10

ローマンがオフィスのあるビルの地下駐車場に車を乗り入れたとき、気温は三十度を超えていた。車からおりて、トランクを開ける前にしばらくあたりの様子をうかがった。肩にかけたダッフルバッグの重みは、それを預かる責任の重みとは比べようがなかった。彼は片手をジャケットの下の拳銃《けんじゅう》にあてながら、エレベーターへと向かった。

エレベーターは一気に十四階まであがったが、それでもローマンにとっては長く感じられた。昨夜キャビンを出る前に、彼はリビングルームで金を数えてみた。五十万ドルまで数えたところで汗をかきはじめ、九十万ドルを超えたころにはショックに陥っていた。全部でほぼ百万ドル。このやっかいな荷物の監視役をつとめることを、彼はホリーに約束してしまったのだ。

ローマンがオフィスに足を踏み入れると、秘書が顔をあげて驚いた表情を見せた。

「ミスター・ジャスティス！　今日いらっしゃるとは思っていませんでした」

「やあ、エリザベス。ついでに、まだぼくの姿は見ていないことにしてくれるね？」

エリザベスはほほえんだ。「ええ、わかりました。本当はあなたといつお会いできるのか、うかがっておいてよろしいですか？」

ローマンは笑顔を返した。「あさってだ。これから兄の牧場に行ってくる。猫の問題で小さなレディと会うんだ。最後の報告によれば、そいつにはのみがついていて、厳重な隔離命令が出ている」

エリザベスの笑みが広がった。彼女のボスが姪《めい》にぞっこんなのは、周知のことだった。ただ、ボスの心を別の女性が占めていることを知ったら、エリザベスは驚いただろう。彼女はローマンが自室に入ってドアを閉めると、自分の仕事に戻った。

ローマンのデスクには、メッセージと未開封の手紙が山のように積みあげられていた。

しかし、ローマンの目は広いウォークイン・クローゼットにつながる鍵《かぎ》のかかったドアに向けられていた。そのなかには、過去に扱ったすべての事件に関するファイルと、旧式の金庫がある。これまでにも処分しようと考えたことがあったが、今、彼は金庫を残しておいたことに感謝した。

ローマンは素早くクローゼットのなかに入り、膝をついて鍵の番号を合わせた。扉が開くと、ダッフルバッグをなかに投げこんだ。金庫がしっかりと閉まったあとようやく、彼は安堵《あんど》のため息を吐きだした。

ローマンはデスクの後ろの椅子に座って窓のほうを向き、ぼんやりとダラスの地平線を眺めた。しかし、頭のなかではホリーの傷ついた表情と、声ににじんでいた恐怖を思いだしていた。

〝あなた以外のことは思いだしたくない……お願いだからわたしを行かせないで〟

ローマンははじかれたように椅子から飛びあがって窓に歩み寄った。下の通りでは、彼の鼓動と同じように、車の流れがぎくしゃくと動いていた。罪悪感がこみあげてくる。

その直後、ローマンは受話器を手にしていた。

「エリザベス、ネバダ州ラスベガスのデイビス・ベントンの自宅の電話番号を調べてくれ」

「あのデイビス・ベントンですか？」

「ああ。あのベントンだ。もし番号が載っていない場合にはどうすればいいかわかっているね」

「わかっています」エリザベスは答えた。

数分後、エリザベスから内線が入った。「ミスター・ジャスティス、番号がわかりました。こちらからおつなぎしましょうか？」

「いや、ぼくが自宅からかける」

「わかりました。そちらに番号をお持ちします」

「いや、ぼくはこれから出かけるからそっちで受けとるよ」

しばらくして、ローマンは自宅のドライブウェイに車を寄せて、玄関を見あげていた。ほんの一瞬、ホリーがなかにいて、自分の帰りを待っていたらどんな気分だろうと想像する。彼はポケットのなかの電話番号が書かれたメモをたしかめ、車をおりた。

家のインテリアは、深紅を基本にダークブルーでアクセントをつけた男性的なものだ。電話に向かう途中、ぴかぴかの床も窓も、きちんと整えられたソファも、まったく目に入らなかった。それらは恋人ではなく、家政婦が整えたものでしかない。

ローマンはプッシュホンのボタンを押し、息をとめて呼びだし音に聞き入った。

「ベントンでございます」

ローマンは眉をひそめた。女性だが、ホリーの声ではない。だがベントンのライフスタイルを考えれば、まず使用人が出るのは予想されてしかるべきだった。

「ホリー・ベントンをお願いできますか？ こちらはローマン・ジャスティスです」

「ミス・ベントンは電話にはお出になりません。伝言をお伝えいたしましょうか？」

「ぼくの電話には出るはずだ」ローマンは言った。

「申し訳ありませんが、ミスター・ベントンからミス・ベントンには電話をおとりつぎしないように、と指示がございましたので」

ローマンは怒りに目を細めた。口調こそ穏やかだったが、ゆずるつもりがないことをはっきり伝える。

「それならば、ミスター・ベントンにぼくから電話があったことを伝えてもらいたい。明日の夜もう一度電話をするので、そのときはホリーに直接つないでもらいたい、と。わかったかい？」

メイドらしき女性はためらったのちに答えた。

「わかりました、ミスター・ベントンにあなたからお電話があったことをお伝えします」

「必ず頼む」

ローマンは電話を切ると、玄関に向かった。荷物を車からおろして、ロイヤルに帰ったことを知らせに行かなければ。

ホリーはベッドルームの窓辺に立ち、きちんと整った庭を見つめていた。コロラドのむきだしの自然の美しさとつい比較してしまう。こんなふうに庭を維持するのには、どのくらいのお金がかかるのかしら。なぜかすべてが贅沢《ぜいたく》で、ひどい無駄づかいに思えた。使用人を別にすると、この家に住んでいるのは彼女と父親のふたりだけなのだ。いいえ、四人だわ。明日ゴードンとビリーがチャーター機で到着することになっているのだから。

ホリーは肩を落として窓から離れ、部屋を見まわした。ブルーを基調にした部屋だ。床には分厚いオフホワイトのカーペットが敷きつめられている。優雅な天蓋《てんがい》つきのベッドがあり、ドレッサーと大型のチェストがその両側に置かれていた。壁には数枚絵がかかっているだけで、家族の写真や学校の記念品はない。ホリーは眉をひそめた。とても美しい部屋だが、まるで刑務所に入れられているような気分だ。

ホリーはこの屋敷では孤独だった。使用人たちは、まったく彼女に近寄ろうとしない。それがこの家では普通なのだろうか。あるいはわたしをわずらわさないように、と命令されているのかもしれない。

ホリーは近くの椅子にどすんと腰をおろした。心がずっしりと重く感じられる。電話は手をのばせば届く場所にある。ローマンのことが思い浮かんだ。彼はもう家に帰ったのかしら。それともまだキャビンで雪がとけるのを待っているの？

階下で電話が鳴るのが聞こえた。ホリーは目の前の電話を見つめ、なぜここは鳴らないのかと考えた。たぶんこれはプライベートな回線なのだ。ローマンに電話をしたいという衝動が、こらえようもなくこみあげてくる。

ホリーは立ちあがった。いろいろ考えてばかりいてもなんにもならない。この悪夢を終わらせるには、なぜこれが始まったのかを思いだすしかないのだ。たぶん、ここには記憶を呼び覚ましてくれるなにかがあるはずよ。

ホリーは靴を脱ぎ捨て、今着ているドレスよりも楽な服に着替えようとクローゼットに向かった。数分後、ショートパンツにTシャツという格好で、彼女は奇跡が起こることを祈りながらドレッサーの引きだしを調べはじめた。

ビリー・マロリーは混乱していた。自分たちは死んで、天国で――あるいは地獄で――目覚めるのだとばかり思っていた。体の痛みや、看護師につつかれたり針を刺されたりすることなど予想もしていなかったのだ。彼は心配するよりも眠ることのほうを選んで、もう一度目を閉じた。

「おい、ビリー。ぼくだ、ゴーディだ」

ビリーは目を開けた。しゃべろうとするが、舌がもつれる。

ゴードンはそばにあったカップに手をのばして、氷のかけらをスプーンですくいあげた。「さあ、これをなめろよ。気分がよくなるぞ」

ビリーの口に氷が押しこまれた。舌にその冷たさが心地よかった。

ゴードンは顔を寄せて、ビリーの耳もとでささやいた。「寝たまま聞けよ。ホリー・ベントンは生きている。父親があいつをラスベガスに連れて帰った。明日の朝、ぼくたちもベントンの屋敷に行く予定だ」

ビリーの目が大きく見開かれた。

「大丈夫だ。あいつは記憶喪失なんだ。なにが起こったのか思いだせない。それどころか、親父《おやじ》のことも、自分の名前さえも思いだせないんだ。おれたちはまったく疑われていない。それに……」ゴードンは笑い声をもらしかけた。「ここからが傑作なところだ。おれたちが屋敷で療養できるようベントンがとりはからってくれたのは、おれがあいつにホリーと駆け落ちするところだったって話してやったからなんだ」

ビリーはうめき、声をしぼりだした。「墜落のことはどういうことになっている？」

ゴードンは肩越しに後ろを見やり、まわりに人がいないことをたしかめてから答えた。「さしあたっては、機内の気圧が急にさがったことしかわからない、と言ってある。おまえはパイロットと話そうとして、副操縦士席にいたことにしてあるよ。おれは都合よく気を失ったことになってるから、細かい質問には答えずにすむんだ」ゴードンはにやりと笑った。「これ以上ないほど完璧《かんぺき》だ。あの甘やかされた娘を除けばな。あいつはあの金を持っているはずだ。ひとり占めしようとねらって、抜け目なくふるまっているにちがいない」

ビリーはゴードンの腕をつかんだ。「だめだ……ラスベガスはよせ。ぼくたちは逃げなければ」

ゴードンは眉をひそめた。「ばかなことを言うなよ。あの金をとりもどすまではどこへも行くものか。そもそもこんなことになったのは、みんなおまえの責任なんだぞ。せいぜいおれの弟だったことを感謝するんだな。でなければ、とっくにその首をへし折っているところだ」

ホリーが膝をついてクローゼットのなかをかきまわしていると、ノックの音が聞こえた。

「どうぞ」ホリーは呼びかけた。

デイビスが笑みを浮かべて入ってきたが、その笑顔はたちまち消えた。

「いったいなにをしているんだね?」

「ホリー・ベントンを捜しているの」

デイビスは驚いて、一瞬言葉を失った。「すまないが、わたしには……」

ホリーは箱から手紙の束をとり、その場に座りなおした。「ここはわたしの部屋よね?」

「そうだ」

「それなら……ここにあるものはすべてわたしのものということね?」

「そうだと思うが。わたしはもう何年も、この部屋には入ったことがなかったんだ」

ホリーは顔をあげた。「どうして？」

その質問にデイビスは驚いた。考えれば考えるほど、適切な答えが思い浮かばない。「わからない。とにかく入らなかったんだ」

「わたしたちは仲が悪かったの？」

デイビスはホリーの横に腰をおろし、手の甲で彼女の頬を撫《な》でた。「いいや、わたしたちは友達だった。そしておまえは愛されていた。たとえ覚えていなくても、そのことは信じてほしい」

奇妙な安堵感がホリーの心のなかに広がった。彼女はうなずいて、笑顔をつくってみせた。「きいてみただけよ」

「それはなんだい？」デイビスは、ホリーが持っている手紙を指さして尋ねた。

「わからないわ。シャーリーという名前の女性からの手紙みたい」

デイビスは笑い声をあげた。「大学時代のルームメイトのシャーリー・ポンセルだよ。本当に仲のよい親友だった」

ホリーはほほえんだ。「わたしたち、今でも友達かしら？」

「たぶんね。だが、おまえがシャーリーと手紙のやりとりしかしなくなってからもう何年もたつ。彼女は考古学者で、南米のどこかで発掘をしているはずだ」

「まあ、それはすごいわ！」それからホリーはふと思った。「わたしはなにをしているの？」

「どういう意味だい？」

「わたしも大学を卒業したんでしょ？」

「ああ、優秀な成績でね」デイビスは誇らしげに言った。

「専攻はなんだったの？　わたしはどんな仕事をし

て生計をたてていたの？」

デイビスは少し落ち着かない様子になった。「専攻は文学だったよ」

ホリーは口を大きく開けた。「本当？　ということは、わたしは教師なの？」

デイビスは首を振った。「いや、具体的な職についてはいないんだ。わたしの代理としてホスト役をつとめたり、わたしが出席できない会合に代理として出たりしてくれていた」

ホリーは驚いた。「文学の学位があるのに、パーティに出たりお金を使ったりする以外にはなにもしていないの？」

「そんな言い方をすると印象が悪いが……」

ホリーは小さく鼻を鳴らした。「どういう言い方をしようと同じよ。わたしがあのうさんくさい男と駆け落ちしようとしていたと思われても不思議はないわね」

今度はデイビスが驚いた顔になる番だった。「ゴードン・マロリーはおかしな男ではないよ。彼はしっかりしたビジネスマンだ」

ホリーは手紙を読まずに箱に戻し、立ちあがった。「なんでもいいわ。とにかく、駆け落ちに関してはあなたは間違っていると思う」

「どうしてだ？」デイビスはききかえした。「その理由を教えてくれ。おまえはここに住んでいたことも忘れている。なのに、どうしてゴードンのことは覚えていると思うんだ？」

「説明するのは難しいわ。あなたをはっきりと覚えていないのは事実よ。でも、あなたがしゃべったりする様子に、ときどき覚えがある、と思えるときがあるの」

デイビスはうれしそうな顔になった。「それはすごいじゃないか。ひとつ思いだせたら、ほかのことも次々に記憶が戻るだろう」

「ローマンもそう言っていたわ」そこでホリーはふっと顔をそむけた。

デイビスはその目に浮かんだ悲しげな表情に気づいた。娘がローマンのもとを去るのをどれほどいやがっていたかが、今さらのように思いだされる。あのときはとにかくホリーを家に連れて帰らなければという気持でいっぱいだったが、あらためて考えなおしてみると、ローマン・ジャスティスはホリーになんの危害も加えてはいない。それどころか、ホリーをとりもどせたのはひとえに彼のおかげなのだ。デイビスは、ふいにこの部屋に来た理由を思いだした。

「彼から今日電話があった」

「誰から？」ホリーは尋ねた。

「ローマン・ジャスティスだ」

ホリーの声には失望がにじみでた。「なんですって？　どうしてわたしに知らせてくれなかったの？　わたしはここにいたのに」

「わたしが、おまえに電話をつながないように使用人たちに命じていたからだ」

ホリーはかっとした。「わたしの意見はききもせずに？」

「すまない」デイビスは言った。「彼のことは思いつかなかったんだ。わたしはおまえを守ろうとしただけなんだよ。だますつもりはなかった」

「二度とそんなことはしないで」ホリーは言った。「わたしは彼と話したい。話さなければならないの。彼はわたしにとって、とても大切な存在なのよ」

デイビスはため息をついた。「おまえはほとんど知らない男に夢中になっているみたいだな」

「ローマンのことは充分に知っているわ」ホリーはきっぱりと答えた。

「彼は、明日の夜また電話する、と言ったそうだ」

ホリーは緊張を少しだけといた。どんな形にせよ、自分が知らないところでコントロールされていると思うと落ち着かなかった。

「あと三十分で夕食だ。着替えたほうがいい」

ホリーはショートパンツにTシャツという自分の格好を見おろした。ローマンなら、食事のときにわたしがなにを着ていようが気にしないでしょうね。それからホリーはほほえんだ。彼はわたしがなにも着ていないときがいちばん好きなのよ。とにかく明日、彼からの電話を待とう。

「わかったわ。あの、ミスター・ベントン――」

ドアに向かいかけていたデイビスは振り向いた。

「お願いだ、もしわたしのことをこれまでのようにお父さんと呼べないなら、せめてデイビスと呼んでくれないか」

その瞬間、ホリーはデイビスの立場に心の底から同情した。「ごめんなさい……お父さん」

デイビスの顔がうれしそうに輝いた。「ありがとう。で、なにを言おうとしていたんだね?」

「あの」ホリーは言った。「ローマンのことなの。彼のことは、ほうっておいてほしいのよ」

「わたしはなにも邪魔をするつもりは――」

「どういう意味かはわかるはずよ。誰かがわたしのそばに現れるたびに、探偵を使ってその人のことを調べさせて、それから……」

言葉がとぎれた。ふたりの顔に、驚きの表情が同じように浮かんでいた。

ホリーはため息をついた。「こんなふうに思いだすの。頭に紙袋をかぶせられて、もう抜けだせないと思ったとたんに、よく切れるはさみでほんの少しだけ端を切りとられるみたいな感じ」

「わかった」デイビスは言った。

「わかった、ってなにが?」

「調査はしない。おまえが彼についてはは保証すると言うのなら、わたしにはそれで充分だ」

屋敷に戻ってきてはじめて、ホリーはここにいるのが正しいことに思えた。「ありがとう……お父さん」ホリーはほほえんだ。

デイビスは戻ってホリーを抱きしめた。

デイビスが部屋を出ていったあとも、ホリーはまだ笑みを浮かべていた。きっとすべてうまくいく。

サイレンが家の周囲の静寂を破ったのは、午前三時をまわったころだった。その音はローマンの眠りのなかに忍びこみ、夢の一部となった。

ホリーが雪原の真ん中に裸で立って泣き叫んでいる。涙は頬を伝って、足もとの地面に落ちていた。

ローマンはホリーの名前を叫んだ。だが彼女には聞こえないようだ。すると雪が降りはじめた。ローマンは駆けだした。しかし、空から降ってきたのは雪ではなく、百ドル札だった。紙幣は地面に落ちると風に吹かれてまた飛んでいった。

「ホリー！　こっちへ来るんだ！　急いで！」

しかし、ホリーは降りそそぐ紙幣から身を守るかのように両手をあげるだけだった。そして突然、彼女の姿は消えた。

ローマンがホリーがそれまで立っていた場所にたどり着いたときには、聞こえるのは彼女の叫びの残響だけだった。

〝あたり一面お金だらけだわ。でも、一セントも使えない〟

ローマンは目覚め、自分がぐっしょりと汗をかいていることに気づいた。「なんてことだ」彼はそうつぶやいてベッドからおりた。

汗が背中を伝って流れ落ちた。心臓は、何キロも走りつづけていたかのように激しく打っている。ローマンは夢のことを思いだし、うめき声をもらした。

たしかにぼくは走っていた。ホリーのもとに駆けつけるために。

ローマンはシャワーを浴びて汗と夢の残りを洗い流し、なにか冷たいものを飲もうとキッチンに向かった。裸の肌に空気があたる感触が心地よい。

冷蔵庫を開けてサイダーの缶をとり、つかのまそれを額に押しあてた。缶の冷たさが、夢の興奮を冷ましてくれる。

〝ローマン〟

心のなかで響くその声に、ローマンはぞくっと身をふるわせた。たかが夢じゃないか。現実にホリーに危険が迫っているわけではない。父親と一緒にいるのだから危険なことなど起きるはずがないさ。しかし、不安は消えてくれなかった。

〝わたしを渡さないで〟

ローマンはプルトップを開け、炭酸がはじける音に耳を傾けた。それから中身をひと息に飲みほすと缶をごみ箱に投げ捨てた。金属がぶつかる音がふいに静寂を破り、彼はまばたきをした。

〝わたしが決して忘れないように愛して〟

死ぬまで忘れられるはずがない。ただ、ホリーが過去を思いだす前に彼女を愛してしまったことが、ローマンをおびえさせていた。彼はため息をついた。そんなことは最初からわかっていたじゃないか。危険を承知で一歩を踏みだしたはずだ。ぼくに今できることは、彼女を信じて待つことだ。そして……明日彼女にもう一度電話をしよう。

時計を見ると、もう日付が変わっていた。おなかが鳴り、夕食を食べなかったことを思いだした。冷蔵庫に食べものはないが、ステーキを食べられる終夜営業のレストランがある。

彼はジーンズに手をのばした。

11

ローマンが牧場に着いたのは、午前十時をまわったころだった。今夜ホリーと話せるかもしれないという期待感で、昨夜よりは気分がよくなっている。

車をとめて助手席にあったバッグに手をのばしたとき、玄関のドアが開いてマデリン・ミシェル・ジャスティスがポーチに飛びだしてきた。ライトグリーンのTシャツがくるぶしまで垂れて、その下から赤いハイヒールがのぞいている。首に巻かれたぼろぼろの鳥の羽根のストールは床を引きずり、麦わら帽子で左目が完全に隠れている。

ローマンは笑みを浮かべて車からおりた。「こんにちは、奥さま。はじめてお目にかかります。ぼくはミスター・ジャスティスです。お名前を教えていただけますか？」

マディはくすくすと笑い、四歳の子供なりに精いっぱいの演技を始めた。「わたしはミス・ピギーよ。カーミーが町まで連れていってくれるのを待っているところなの」どちらもセサミ・ストリートの人形たちだ。

ローマンが答えるより前に、戸口にロイヤルが現れて、ポーチから転げ落ちそうになった娘の腕をつかんだ。「こらこら、気をつけろよ、子豚《ピグレット》ちゃん。階段の一段めはぐらついているんだ」

「ピギーよ、パパったら！ ミス・ピギーだってば」マディは靴音を響かせて家のなかに戻っていった。

ローマンが声をあげて笑い、ロイヤルは苦り切った顔になった。

「まったく女ってのは、始末におえん。どうして娘を授かってしまったのやら」ロイヤルは弟に手を振った。「なかに入れよ。コーヒーがある。あと一本電話をかけてくるから、そのあとでおまえの休暇の話を聞かせてくれ」

ローマンが後ろ手にドアを閉め、ロイヤルは仕事部屋に姿を消した。マディはぎこちない歩き方で廊下を自分の部屋へと向かっていく。

ロイヤルの日常生活の物音に耳を傾けていると、ローマンは自分自身の生活の空虚さを思い知らされた。ロイヤルの家には、生活感があふれている。ドアの近くに古いブーツがあり、椅子の背にはマディのパジャマと大切な毛布がかかっている。手にとって顔にあてると、タルカムパウダーと石鹸《せっけん》と、なにか甘いもののにおいがした。朝食のときにシロップをこぼしたのだろう。

ふいにこうした生活をこがれる思いがこみあげてきて、ローマンを強烈に打ちのめした。ホリーのことが思い浮かぶ。荷物を近くのテーブルに置き、彼はキッチンに向かった。自分の置かれている、混乱した状況を整理する必要がある。ぼくは自分の名前も思いだせない金持の娘に恋してしまった。しかも、ちょっとした戦争すら始められるだけの大金を預かっているのだ。

ローマンがコーヒーカップを手にして窓辺に立っているところに、ロイヤルが戻ってきた。

「すまなかった」ロイヤルは言った。「この一週間連絡をとろうとしていた相手でね」

ローマンは振り向いて、肩をすくめてみせた。「かまわないよ。ぼくは別に急いでいないから」

ロイヤルは眉をあげた。「それはまだ仕事には戻っていないという意味か？」

「そんなところだ」

ロイヤルはにやりと笑った。「ということは、休暇をとったのはやっぱり正解だったんだな。どうだ、のんびりできたろう」ロイヤルはそこで肩越しに後ろを見やって、マディが盗み聞きしていないのをたしかめた。「ぼくだったら、半日はぶっとおしで寝ただろうな。マディとこの牧場を抱えていると、寝過ごすことなんてできたためしがない」

「あまり寝られなかったよ」ローマンは答えた。

「どうして？」

「ソファで寝ていた女性が気になってね」

ロイヤルは口をぽかんと開けた。彼がなにか言う前に、マディがブルージーンズに裏がえしのTシャツという格好で部屋に飛びこんできた。ミス・ピギーはどうやらお役ごめんとなったようだ。

「ローマンおじさん！　ローマンおじさん！」

ローマンはマディを抱きあげてにっこりと笑った。

「やあ、どこにいるのかと思っていたんだ」ローマンは言った。「ドアのところに、知らない女性がいたよ」

マディはくすくすと笑った。「あれはわたしよ」

「まさか！」ローマンは驚いたふりをしてみせた。

「そうなの、わたしだったの！」それからロイヤルのほうを見て言った。「パパ、おかしいでしょ？　ローマンおじさんはわたしにだまされたのよ」

「ああ、傑作だ」ロイヤルはいつもながらに、娘がローマンの態度をがらりと変えさせることに驚いていた。

ローマンはマディをおろした。「さあ、おいで。のみのついた子猫を見に行こう」

「おい、ローマン。今の話は――」

「今はだめだ」ローマンは答えた。「ぼくはマディと大切な用事があるんだからね」

ロイヤルは、ぶつぶつ言いながらローマンとマディについてリビングルームに入った。

「おいローマン、爆弾を落としておいて、それを無視しろなんて無理な注文だぞ」

ローマンは持ってきたバッグをとり、ドアに向かって歩きはじめた。「順番は順番だ。なにか用があれば納屋にいるから」

ロイヤルはいらだたしげに髪をかきあげた。「納屋になにがあるんだ？」

「のみのたかった子猫さ」

「よしてくれよ、ローマン。ぼくはこの家では猫は飼わないぞ」

「そいつを家のなかに連れこむなんてひとことも言っていないぞ」ローマンは言った。「ただのみをとって、この子と遊べるようにするだけだ。それならなんの問題もないだろう？」

ロイヤルには反論できないことがわかっていた。

マディはローマンの腕にしがみついている。「それならいいだろう」

ローマンはにやりと笑った。「行こう、マディ」

マディはすっかり興奮して、裸足《はだし》のまま納屋のほうに駆けだしていった。

ロイヤルは両手をポケットにつっこんだ。「ぼくの娘を完全に甘やかす前に、おまえは自分の子供を持つべきだ」

「ぼくもそれを考えていたんだ」ローマンはそう言うと、姪《めい》のあとを追いかけて出ていった。

わずか数分間で二度も、ロイヤルはローマンのせいで言葉を失うはめになった。女性と一緒にいた？　子供を持つ？　いったい、弟はキャビンでなにをしていたんだ？

デイビス・ベントンがチャーターした自家用機がラスベガスに到着したとき、気温は三十度を超えてさらにあがりつづけていた。ゴードンとビリー・マロリーは、人生のあらたな局面に踏みだそうとしている。ビリーはおびえていてどこか上の空だったが、ゴードンは興奮していた。一時間とたたないうちに、一度は殺そうとした女と同じ屋根の下で過ごすことになる。なんとかして、ホリーが記憶をとりもどす前にあの金がどこにあるか探りださなくては。

飛行機が着陸すると、医療スタッフが乗りこんできて、ビリーをベントンの屋敷へと移送する準備を整えた。屋敷では、特別室で専属の看護師が二十四時間体制で看護してくれることになっている。すでにゴードンのほうは、かかりつけの医師に肋骨《あばらぼね》のけがを引きつづき診てもらうように、とだけ指示を受けて退院していた。

スタッフがビリーをストレッチャーに移すために抱きあげたとき、ゴードンは弟の腕に手を置いた。

「安心しろよ。必ずうまくいく。約束するよ」

兄と議論するのは無駄だとわかっていたので、ビリーは目を閉じ、痛みに歯をくいしばった。彼はホリー・ベントンと同じ屋根の下で眠ると知ってから、目覚めると彼女がベッドのわきに立っていて自分を指さし告発している悪夢に悩まされていた。しかし例によってゴードンは耳を貸さなかった。ゴードンは兄であり、つねに物ごとを決めて当然なのだ。ビリーには、兄にさからうだけの勇気がなかった。

デイビスは、救急車が屋敷に乗りつけるのを図書室の窓から眺めていた。

「着いたようだ」そう言うと、ホリーの反応を待たずに部屋から飛びだしていった。

ホリーは渋い顔で父親のあとを追って部屋を出た。しかし玄関に近づくにつれ、足どりは重くなった。自分が危険に向かって進んでいるという思いがどうしてもぬぐえない。

ひどいわ、ローマン・ジャスティス。わたしはひとりで立ち向かうのが怖い。

しかしホリーは足をとめなかった。もしローマンが今隣にいてくれたら、最後の一歩はひとりで踏みだすように期待したはずだ、とわかっていたからだ。わたしはあの人たちを出迎えようとしているのではない。ただ、真実につながる道を見つけようとしているのよ。

前方から声が聞こえてきた。父親の声と、それから医療スタッフたちの交わす専門用語が飛びかう会話。しかし、ホリーを途中で立ちどまらせたのは、陽気で大きな男性の声だった。その声を聞いたとたん、心のなかで暗くおぞましい記憶が頭をもたげ、逃げだしたいという衝動に襲われた。しかしホリーは自分に言い聞かせた。わたしは家にいて、誰からも傷つけられる心配はないのよ、と。そして人々から見えない廊下の端に立ってその声に耳を傾け、記憶を呼びもどそうと努力した。

「デイビス、本当に親切にしていただいて」ゴードンが言った。「ビリーは疲れたらしく、休みたがっているようです、そうだな、ビリー?」

ビリーはうなずいて、メイドが運び去ろうとしている小さなバッグを指さした。「あの、あれはぼくの荷物です」

ゴードンは笑った。「彼女はおまえの部屋に運んでくれているだけだよ。それに、おまえにはしばらくは必要ないものだ」

ホリーはふいに床が傾きはじめたように感じた。たった今聞いた言葉が、不愉快な記憶を呼び覚ましたのだ。

〝これから行くところでは、それは必要ない〟

足がふらつき、ホリーは近くの壁に手をのばして体を支えた。突然襲いかかってきた恐怖を振り払おうと、目を閉じてゆっくりと深呼吸をくりかえす。以前にもこんな言葉を聞いたことがある。そのときは、今のように軽い口調ではなかった。言葉のひとつひとつに、露骨な威嚇がこめられていた。

彼らの声が近づいてくる! 本能が、彼らに恐怖を感じていることを悟られてはならない、と告げていた。ローマンの言葉がはっきりとよみがえってくる。

〝真実がきみを自由にしてくれる〟

ホリーは胸を張った。男たちが角を曲がって姿を見せたとき、彼女は心の準備ができていた。

デイビスはホリーがマロリー兄弟の到着を快く思っていないことを知っていたので、娘の姿を見て喜んだ。「ホリー、出迎えてくれたのか！　みんなを部屋に案内しようとしていたところだよ」

「聞こえたわ」ホリーは、父親の隣に立っている男に全神経を集中させた。

「ホリー！」

よけるひまもないうちに、彼女はゴードンに抱きしめられていた。

「このあいだはすまなかった。ぼくがベッドに寝たきりだったから、きみは怖がっていたんだね」

ホリーは、なにか汚いものにふれてしまったかのようにぱっと身を引いた。

ゴードンの顔は怒りで赤くなったが、なにごともなかったかのように熱のこもった口調で続けた。

「さてと、これからのことを相談する前に、ビリーが落ち着くのをたしかめておいたほうがいいな」

「わたしたちには相談することなんてないわ」ホリーはそっけなく答えた。

ゴードンは、助けを求めるようにデイビスを見た。しかし、デイビスはすでにホリーの怒りを察し、賢明にもその場を去ることに決めていた。

「ビリーを部屋へ案内しよう」デイビスは素早く言った。「昼食は三十分後だ。そのときにまた」

廊下にはゴードンとホリーだけが残された。

ゴードンは自分ひとりで問題を解決せざるをえなくなり、視線をホリーに戻した。「どうやら、ふたりきりにしてくださったようだ。お父さんは、ぼくたちには相談すべきことがたくさんある、とわかっていらっしゃるんだよ」

ホリーの表情は揺るがなかった。「それならお父さんは間違っているわ。〝ぼくたち〟なんて呼ばれる筋合いはないし、相談することもないわ」

ゴードンは、ホリーの白い喉を両手でつかんで、金をどうしたか白状するまで絞めつけたい思いに駆られた。しかし、今はまだだめだ。いずれ、もしもほかの計画がうまくいかなかったときはそうすることになるかもしれないが。

「ホリー、きみはただ思いだせないだけなんだ。ぼくらは愛しあっていたじゃないか……きみはぼくのすべてなんだ」

ホリーは平手打ちされたかのようにあとずさった。

ゴードンは顔を赤くしてホリーの腕に手をのばした。「ホリー、きみはフェアじゃないぞ」

ホリーは彼の手からのがれた。「いいえ、ミスター・マロリー、フェアじゃないのはあなたのほうよ。わたしにはあなたとの記憶がまるでないんだもの」

「ぼくらはバハマのナッソーに行く途中だった！ぼくらは結婚することになっていたんだよ！」

「そう聞かされたわ」

「それなら、なぜそんなに残酷になれるんだ？きみがどれほどぼくを傷つけているか、わからないのか？」

ホリーは自分の直感が正しかったことを確信した。ぼくを傷つけている？彼はわたしがどれほどの恐怖や混乱と闘っているのかもわからないの？

「ミスター・マロリー、もしわたしのことを大切に思ってくれているなら、そんなふうに責めたりはしないはずよ。さあ、もう失礼させていただくわ」

ゴードンはひとり廊下に残された。彼のことを値踏みして、とるに足らないと決めつけたようなホリーの冷たい視線が、まだ彼の心につき刺さっていた。

ロイヤルはキッチンで昼食の食器を片づけていた。いつものように窓から外を見やり、マディがどこにいるかをたしかめる。ポーチのぶらんこがきしむ音と話し声が聞こえた。ローマンとマディは裏のポーチで子猫と遊んでいるらしい。ローマンが体を洗ってのみとり粉をたっぷりと振りかけたおかげで、あの猫もそこそこかわいらしくなったことは認めざるをえない。マディは大はしゃぎで、昼食のあいだ家のなかに入るように説得するのがひと苦労だった。

ロイヤルは最後のフライパンをきれいに洗いおえるとわきに置き、手をふいた。まだキャビンでの出来事について、ローマンから満足のできる説明は聞かせてもらっていない。

「なにをしているんだ?」ロイヤルはポーチに出て呼びかけた。

階段に座ったローマンが指さしたほうを見ると、マディは紐《ひも》の切れ端を引っぱって、それに飛びかかろうとじゃれつく子猫と遊んでいた。

ロイヤルも階段に腰かけた。彼はため息をついて弟を探るように見つめ、それから空を見あげた。空気が蒸し暑い。はるかかなたの地平線上に入道雲が盛りあがりつつあった。「たぶん雨になるな」

ローマンも目を細めて空を見あげた。「ああ」

「だが、少なくともここでは雨が雪になる心配はない」ロイヤルが言った。

雪という言葉で、ローマンはホリーを思い浮かべた。彼はうつむき、それから子猫が自分のほうに駆け寄ってくると立ちあがった。

ローマンは子猫を追いかけてきたマディを腕に抱きあげた。

「のみの子猫ちゃんが逃げちゃうわ!」マディは叫んで、おりようともがいた。

「いいや、逃げないさ」ローマンはマディを抱いたままま、ふたたび階段に腰をおろした。「また戻ってくるから、しばらく座っていてごらん。子猫ちゃんは少し休みたいようだ。まだ赤ちゃんなんだよ」

マディはうなずいた。「でも、抱くだけならいいでしょ」

「だめだ。しばらくのあいだはほうっておいてやるんだ」

マディはため息をついたが、反論しないだけの聞きわけはあった。父親のことなら言い負かすことができるが、ローマンがだめと言ったら絶対にだめなのだ。「うんわかった」マディはあきらめてローマンの腕に体を預けると、うとうとしはじめた。

ロイヤルはポーチの柱に背中を預け、ローマンが娘を寝かしつけるさまを見守った。「ありがとう。昼寝をさせる時間だったんだ」

ローマンは腕のなかで眠っている姪の黒い髪と、ふっくらした頬に影ができるほど長いまつげを見おろしてほほえんだ。

眠っているマディを腕に抱いているあいだは、ローマンだって逃げだせない。ロイヤルは切りだした。「ローマン」

ローマンは顔をあげた。いよいよ来たか。

「キャビンでなにがあったんだ?」

ローマンはため息をついた。ホリーのことは胸のうちにとどめておきたかったが、相談しなければならないことがあまりにもたくさんある。

「ぼくが着いたとき、キャビンには女性がいた」

ロイヤルは身をかたくした。「そいつは強盗かなにかか? なくなったものは?」

ローマンは首を振った。「いや、違うんだ」

「それならさっさと話せよ。ぼくは連想ゲームは好きじゃないんだ」

「彼女は体じゅうに傷を負っていて、服には血がついていた。頭にはとてつもなく大きなこぶもあった。

それに死ぬほどおびえていたんだ」

「ふむ」ロイヤルはつぶやいた。「車の事故か？」

「いや。パラシュートだ」

「なんだって？」

「あの付近で飛行機の事故がなかったか兄さんに調べてもらっただろう？　彼女はその飛行機に乗っていたんだ。誰かにパラシュートをつけてもらって、墜落する前に飛びおりたらしい」

「なんてこった！　いったいどうして？」

「わからない」

「わからないだって？　その女性はおまえに説明をしなかったのか？」ロイヤルは尋ねた。

　ローマンは首を振った。「話せなかったんだ。彼女は記憶喪失になっていたんだよ」

「それで彼女は今どこにいるんだ？」

「父親とラスベガスに戻ったよ」

　ロイヤルは事情を理解して目を見開いた。「デイビス・ベントンの娘を見つけたって言うのか？　みんなが死んだと思っていたあの娘を？」

「そうだ」

　ロイヤルは無言のまま長いあいだ弟を見つめていた。ようやく口を開いたとき、その声には確信がこもっていた。「おまえは彼女に恋したんだな？」

　ローマンは返事をしなかった。だが答えは目にはっきりと表れている。

「なんてことだ！　マディ以外に、ローマン・ジャスティスをひざまずかせる女性がこの世にいるとは思ってもいなかった」

「よせよ、兄さん。少しもおもしろいことなんかじゃないんだ」

　ロイヤルは、ホリー・ベントンが同乗者のひとりと駆け落ちの途中だったことを思いだした。「ああ、そうか、婚約者か」

　ローマンは顔をそむけた。

「ちくしょう、残念だよ、ローマン。彼女が記憶をとりもどしたら、そいつと……」

これまでに積もっていた感情がローマンのなかでとうとう爆発した。「ぼくは彼女を追いかける」

ロイヤルは驚いた。「だが――」

「わかっている。でも彼女を送りだすとき、ぼくはこう言ったんだ。大切なことを決断するためには、すべてを思いだす必要がある、と」

ロイヤルは眉をひそめた。「それは、彼女もおまえに恋しているという意味か？」

「そうだ。なのにぼくは戦いもせずに彼女を帰してしまった」

「それで、これからどうする？」

「マディをベッドに寝かせたら、いちばん早い飛行機でラスベガスに向かう」

12

午後十時十五分。ひどく長く、のろのろと感じられた一日、ホリーはただひとつのことだけを待って過ごした。ローマンからの電話だけを。

一日じゅうゴードン・マロリーにつきまとわれていたせいで、ホリーは神経質になっていた。彼に見つめられると顔をそむけ、彼がしゃべるとその声が神経をさか撫《な》でし、彼が少しでも近寄るそぶりを見せると、あとずさりしたい衝動がこみあげた。たとえまわりがどう言おうと、ゴードンとわたしが親密な関係にあったはずがない。彼を避けることで自分を守っているのだとホリーは確信していた。

結局ホリーは言い訳をして早々に自分の部屋にさ

がった。シャワーを浴び、爪の手入れもした。しかし、なにをしても望んでいることは起きなかった。彼女は自分自身を哀れんで泣いた。電話はかかってこない。ローマンはいない。

ホリーは、ローマンのような職業ではなかなか電話をかけられないこともあるのだ、と自分に言い聞かせつづけた。なにか重要な事件で急に呼びだされることだってあるだろう。それに、彼の気が変わった可能性があることも認めざるをえない。彼はその場限りの関係を結ぶような男性ではないと信じていたが、一緒に過ごしたのはたった一週間たらずだということも事実だった。

ホリーは時計に目をやり、ベッドの上で寝がえりを打つと目を閉じた。今は十時二十分すぎだ。十一時までは待ってみよう。

そのとき、かすかな音がした。玄関のドアベルが鳴る音だ。来客にしては遅い時間だが、この家では珍しくないのかもしれない。自分も顔を出さなくてはいけない場合に備え、ホリーはベッドの端にあるブルーのシルクのローブを手にとって立ちあがった。

ふいに、不自然なほどに高い話し声が聞こえてきた。好奇心に駆られて、ホリーはドアを開け廊下に出た。そしてその瞬間、懐かしい、愛する声が耳に飛びこんできた。

ローマンがここにいる！

ローブ姿なのも忘れて、ホリーは階段へと駆けだした。

デイビス・ベントンは、信じられない思いだった。ローマン・ジャスティスが屋敷の玄関にいきなり現れて、強引に押し入ろうとしている。怒りのあまり、彼は思わず警察を呼ぼうかとすら考えた。

「いいかね、ミスター・ジャスティス、こんな時間でなければわたしもきみを歓迎するのにやぶさかではない。今何時だかわかっているのか？」

「これ以上早い便には乗れなかったんです」ローマンはバッグを足もとに置いて言った。「それに、ぼくはホリーと会うまでは眠るつもりはありません」

「ホテルに行って、明日出なおしてきたまえ」デイビスは言った。「あの子はもうベッドに入っている」

ホリーと同じように、ゴードン・マロリーも好奇心に駆られて階段をおりかけていた。そこで彼はホリーの名前が口にされるのを耳にした。

「どうしたんです？」ゴードンは呼びかけた。

デイビスは振り向いた。「ゴードン、騒がせて申し訳ない。きみは部屋に戻りなさい」

しかし、ゴードンをその場にとどまらせたのは、単なる好奇心以上のものだった。見知らぬ男に値踏みするように見つめられ、なわばりをおかされようとしている、という警戒信号が頭のなかで鳴り響いたのだ。

男の服装は、上から下までウエスタン調だった。スラックスをはいてはいるが、白いシャツとウエスタンスタイルのスポーツコート、それに黒のブーツに広い縁のグレーのステットソン帽を身につけている。ゴードンは服装から男自身へと注意を向け、逃げだしたいような衝動を覚えた。この男は真実を知っている！　いや、そんなはずはない。知っているのはホリーだけだし、彼女には記憶が……。

ふいにゴードンはパニックに襲われた。全部芝居だったとしたら？　ホリーは記憶喪失などではないとしたら？　すべては、おれとビリーの逃げ場を閉ざすために仕組まれていたのだとしたら？　ゴードンはぞくっと身をふるわせ、支えを求めて手すりをつかんだ。

ローマンは、階段にいる男に注意を集中した。これがホリーが結婚しようとしていた男か？　それなりにハンサムであるのは認めよう。ウエーブのかかったブラウンの髪、大きな目、均整のとれた体。しかし、彼にはぼくの疑念をかきたてるなにかがある――顎の線の弱さ、まっすぐに見つめかえしてこない態度。この男は、もしぼくがあの金の入ったバッグを持って入ってきていたらどんな顔をしただろう。

そのときホリーの声が聞こえると、彼女以外のことはたちまちローマンの頭から消え去った。

「ローマン！　来てくれたのね！」

デイビスは振り向き、娘が階段を駆けおりてくるのを見て、小さくうめいた。娘の顔に浮かぶ表情からすると、混乱は今始まったばかりらしい。

ホリーに名前を呼ばれたとき、ローマンはここに来たことは正しかったのだと確信した。この女性は、勝ちとるために戦うだけの価値がある。彼はデイビスのわきを通りすぎ、階段に向かって歩きだした。

ホリーの登場を予期していなかったゴードンは、彼女が自分のすぐ横を抜けて階段をおりていくのをとめることができなかった。思っていた以上にまずい事態だ。この男は、ホリーにとっては明らかに他人以上の存在らしい。

ホリーは階段のいちばん下の段からローマンの腕のなかに飛びこんだ。「電話をくれるものと思っていたの」彼女はそう言ってローマンの首に両腕をまわし、何度もくりかえし抱きしめた。

「ぼくはここに、きみが正しかったことを伝えに来たんだ」ローマンはそう言って、ホリーの頬にキスをした。

「正しかったって、なにが？」

「きみを行かせるべきじゃなかった」

ホリーの心は浮き立った。「ということは、ローマン……」

ローマンは視線でホリーを黙らせ、彼女を抱きしめたまま振り向いた。そしてデイビス・ベントンの顔を真正面から見すえた。「それに、きみのお父さんにあることを伝えに来た」

しかしデイビスは話に耳を傾ける気分ではなかった。ふたりの今の態度は、あまりに常識からはずれている。「いいかね、ホリー。婚約者が目の前にいるというのに、恥ずかしくないのか?」

「ずっと言っていたはずよ」ホリーは答えた。「わたしには婚約者なんていないわ。わたしはゴードンと駆け落ちするつもりはなかった。それだけははっきりわかるの」

ローマンは視線をデイビスから離さなかった。

「あなたがホリーを迎えに来たとき、彼女はぼくに行かせないでくれと頼みました。あれ以来ずっとぼくは後悔していました。ぼくは間違いをおかしてしまった。ここにはその過ちを正しに来たんです」

デイビスはとりあわなかった。「いいかね、ジャスティス。野蛮人の戦術はマンモスと一緒に滅びたんだ。わたしたちの階級では、そうした身勝手なふるまいは許されない」

ローマンの心の奥底で怒りがわきあがったが、その顔に浮かんだ表情は冷静そのものだった。彼は低く落ち着いた声できっぱりと言いかえした。「ぼくが暮らすテキサスでは、人は正しいことのために戦います。現時点では、あなたの娘さんにとってはぼくが唯一見知った人間なんです」そう言うと彼はゴードンを見て、反論を待った。

ゴードンは無言だった。実を言えば、ホリーなどこのいまいましいテキサス男にくれてやってもかまわない。おれの望みは金だけだ。しかし、ここではとりあえず、不満を口にしておかなければならない。ゴードンは階段をおりた。声にショックがにじんでいることを願う。

「ホリー、どうしてこんなことができるんだ? ぼくらはあれほど惹《ひ》かれあっていたというのに」

ローマンはホリーに答えるいとまを与えなかった。「いいかマロリー、ぼくはきみに関しては、ホリーの言うことが正しいと信じはじめている」

ゴードンは動揺した。「なんだって？」

「きみたちは本当は結婚するはずじゃなかったということだ。もし立場が逆で、誰かが突然押し入ってきて恋人を奪い去ろうとしたら、ぼくならそいつの顔を殴りつける。それから彼女を部屋に引っぱっていって、彼女の心が自分に向くまでは決して部屋から出したりしないね」

ゴードンは口ごもった。「みんながみんな、きみのような男ばかりじゃないんだ。繊細な者もいるのさ」

ホリーはゴードンのせりふに思わず笑いそうになった。「繊細ですって？　前に車で犬をひいても振り向きもしなかったことがあったじゃない。あなたにとって、繊細という言葉は……」

ホリーが途中で言葉を切ったせいで、まわりの者もなにが起きたのか気づいた。またしても、真実がまったく予期していなかったときに飛びだしたのだ。

ゴードンはさっと背を向けると、振り向きもせずに二階にあがってしまった。

デイビスは娘のことを厳しいまなざしでじっと見つめた。「自分がなにをしているのかわかっていることを願うよ」

「言ったでしょ、お父さん。わたしを信じて」

「おまえは、ただ勘に頼って行動しているだけだ」

デイビスはつぶやいた。

ローマンは、今こそきちんと説明しておくべきだと感じた。「お願いです、ミスター・ベントン、ぼくの話を最後まで聞いてください」

デイビスは険しい目をローマンに向けた。「まだ言いたりないことがあるのかね？」

「無礼をはたらくつもりはありません。ですが、ぼくにとってあなたのお嬢さんはとても大切な存在で、戦わずにあきらめることなどできないのです。これまでの人生で戦わずに身を引いたことはありませんし、今回もそのつもりはありません」ローマンは深呼吸してホリーを見つめた。「ただ、彼女が自分が誰か思いだすまでは、ぼくのものだと言うつもりはありません。ですが……彼女をひとりきりでこんな目にあわせるのはフェアじゃない」

ホリーの動悸《どうき》が速まり、涙がこみあげた。「それは、わたしに同情してここに来たっていう意味？　同情なんて必要ないわ。そんなものはもうこの家にたっぷりとあるもの。わたしに必要なのは、信じてくれる人よ。誰か……誰でもいいから……わたしが知っていることを信じてくれる人なの！」

「知っていることというのはなんだね？」デイビスが尋ねた。

ホリーはふるえる声で答えた。「デイビス・ベントンの娘であることは覚えていないかもしれないけれど、自分が誰かはわかっている、ってことよ。わたしはゴードン・マロリーのような人とは絶対に結婚しない」それから彼女はローマンをにらみつけた。「あなたと違って、わたしは自分の心を知るのに神さまの啓示を待つ必要はないの。でも、あなたが来てくれてうれしいわ」

ローマンは深呼吸した。「ぼくもだ」

ホリーは目を閉じて、ローマンの力強い体にもたれかかった。

デイビス・ベントンは、軟弱で優柔不断なおかげで今の地位を築いたわけではない。そして、肉体的にも精神的にも力強い人物を好んでいた。認めるのはいまいましいが、この男にはたしかにマロリーにはない魅力がある。

デイビスはホリーを見やってから肩をすくめた。

「前にもこの子が言っていたが、決めるのはわたしではない。だが、きみには娘にゆとりを与えるよう頼みたい。心の準備ができていないのに決断を無理じいしないでくれ」

「もちろんです」ローマンはそう言って手を差しだした。

デイビスはその手を握った。

ホリーは父親を抱きしめ、ローマンのバッグを手にとった。

「ホリー、いったいなにをしているんだ？」デイビスが問いかけた。

「もちろんローマンはここに泊まるのよ」

「だが――」

ホリーの笑みが消えた。「あなたはマロリー兄弟を――わたしが覚えてもいない人たちを招くくらいなんだから、わたしがローマンにいてもらっても、もちろんかまわないわよね。彼は今のわたしが知っている唯一の人なんだから」

デイビスには受け入れる以外に選択肢はなかった。「もちろんだ。わたしはただ、この場にふさわしい態度というものがあるだろうと言っているだけだ」

「どういう意味かわからないわ。わたしはゴードンのことは好きでもなんでもないのよ」

「だが前はそうだった」

ホリーは首を振った。「お父さんにそう吹きこんだのはゴードンよ。わたしが駆け落ちしたと聞いて驚いたと言ったわね。なのに、どうしてろくに知りもしない男の言葉を無条件で信じるの？」

デイビスはあきらめたように両手をあげた。「わたしは寝ることにするよ。ミスター・ジャスティス、ゆっくりやすんでくれ」彼は階段をのぼりながら、ひとりごとのようにつぶやいた。「たぶん、今夜ゆっくりやすめるのはきみだけだろう」

ゴードンは不安に襲われていた。あのいまいましいテキサス男のせいで、自分がもう有利な立場をとりもどせないことはわかっている。

彼はベッドに入らずにビリーの部屋に向かった。

これからの計画に問題が出てきた以上、ビリーもそれを知っておく必要がある——もしものときのために。

ゴードンは弟の部屋に乱暴に押し入り、ドアをたたきつけるように閉めた。ビリーははっと目を覚まして、急に動いたせいで痛みにうめいた。

「ゴードンか？　いったい今何時なんだ？」

ゴードンは落ち着きなく歩きまわった。「心配する時間だ。そういう時間だよ」

ビリーはあくびをした。「ぼくももう何日も前からそれを伝えようとしていたんだよ」

「黙れ。おれは考えようとしているんだ」

「それがトラブルから抜けだせない理由だよ」ビリーが言いかえした。「どうして出ていかないんだ？　とりあえずの居場所を確保して、ぼくが動けるようになったらすぐに——」

「どうやって居場所を手に入れるってんだ？」ゴードンはうなった。「おまえのおかげで、おれたちは一文なしなんだぞ」

「そして兄さんのおかげで、ぼくは殺人の共犯だ。カール・ジュリアンはぼくたちのせいで死んだ」ビリーはつぶやいた。「それに、金ならまだ銀行に一万ドル残っているだろう」

一万ドルなど、失った百万ドルに比べれば微々たるものだ。「黙れ、黙れ。カール・ジュリアンの名前は二度と聞きたくない」

「兄さんが仕事を探せばいいじゃないか」

ゴードンは笑ったが、そこには陽気さのかけらもなかった。「なにをしろってんだ？　あいにく、腕のいい詐欺師の就職口はめったにないんだよ。おれが仕事につけるとしたら、ファストフードレストランでハンバーガーを引っくりかえす仕事ぐらいさ」

「でも、少なくともそいつはまっとうな仕事だ」ビリーは言った。

ゴードンは不信の念に目を丸くした。「いったいいつからおまえは良心なんてものを持つようになったんだ？」

「兄さんがあいつの喉を切り裂いたときからさ」

ゴードンの顔から血の気が引いた。あれは、とっさの出来事だった。金庫をいじっていた現場をカール・ジュリアンに見つかってしまったのだ。ジュリアンは見なかったことにするから、と懇願したが、考えるよりも先に体が動いて、ゴードンは持っていたナイフでジュリアンの喉を切り裂いたのだった。

ゴードンはいらだたしげに髪をかきむしった。

「いいか、必要なのは、どうにかしてホリーの口を開かせることだ」それからビリーの顔に浮かんだ表情を見て、急いでつけ加えた。「あいつを傷つけたりはしない。ただおどかすことができればいいんだ」

ビリーは兄をにらみつけた。「彼女にこれ以上不愉快な思いをさせたりしたら、ぼくは知っていることをすべてぶちまけるからな。あとで地獄に落ちるよりは、刑務所に入れられたほうがましだ」

ゴードンの顔にショックが広がった。「いつからおまえは信仰を持つようになったんだ？」

「事故から目が覚めて、生きていることがわかって以来だ」

ゴードンは驚いていた。これまで、弟がこれほど確信を持ってしゃべるのを聞いたことがなかった。彼は、自分の望みどおりにしたあとビリーを置き去りにして逃げるか、計画を変更するかの選択を迫られていた。しかし、ゴードンは子供のころに教えこまれたことを無視することはできなかった――かわいいビリーの面倒を見るんだ、弟を傷つけるんじゃないぞ。

ゴードンは弟をにらみつけた。「ちくしょう、ビリー、これ以上面倒をふやすつもりか？」

しかしビリーはゆずらず、ゴードンはもう一度計画を考えなおすことを余儀なくされた。

「ぼくは寝る。おまえも少し眠れ。明日また話そう」ゴードンは後ろ手にドアを閉めて部屋を出た。

しかし、ビリーはなかなか寝つけなかった。運命のときが迫っている。彼はどうすればそれを阻止できるのかわからなかった。

ローマンはパンとバターのにおいで目覚めた。目を開けると、ゆうべと同じブルーのシルクのローブをはおったホリーが近くのテーブルに朝食のトレイを置こうとしているところだった。彼女の髪はまだ濡《ぬ》れている。どうやら、シャワーを浴びたばかりらしい。昨夜彼女の部屋の前でそのまま別れるのに、ローマンは意志の力を振りしぼらなければならなかった。

「おはよう、ベイビー」ローマンはやさしく呼びかけて、ベッドをたたいた。「そばに来てくれ」

ホリーはためらうことなくローマンの隣に腰かけた。「あなたがここにいることがまだ信じられないわ」彼女はそう言うと、ローマンの腕とむきだしの胸にふれ、それから額にかかっていた髪を撫でつけた。

「ぼくがおかした唯一の間違いは、きみをひとりきりにしたことだ。ぼくは悪夢を何度も見た。もう何年も悪夢にうなされたことなんてなかったのに。少なくとも……」ローマンは言葉を切った。それは、彼がこれまで誰とも分かちあったことのない過去だった。

ホリーは、辛抱強くローマンの言葉を待った。

ローマンは上体を起こしてベッドに座り、ホリーを守るように腕のなかに引き寄せるとため息をついた。今こそ、ぼく自身の抱えている幽霊を追い払うべきときだ。

「ぼくは女性についてはいい思い出がないんだ。母はぼくがまだ幼いころに亡くなった。それで、父がぼくら三人の兄弟をひとりで育てなければならなかったんだが、ぼくらがかけた面倒を思うと、父さんは本当によくやったと思う」ローマンは目を閉じて、母親のやさしい感触を求めていた孤独な少年時代に思いをはせた。「ぼくはごく小さいころに、思い切りタフな男になって泣かないようにしよう、と心に決めたんだ」

ホリーはローマンのことを思いやって胸を痛めた。彼女にも、母親がいない寂しい日々の記憶が、おぼろげに残っていた。

「悲しいわね」ホリーはやさしく言った。

ローマンはほほえんでホリーの髪を撫でた。「ぼくは、人生にはもうなにも怖いものなどないと思っていた。両親を失った以上、あとは自分の命以外に失うものなどないのだから」ローマンはそこで深呼吸をした。「けれども高校三年生のときに、ひとりの女の子が町に引っ越してきた。彼女の父親は高校のフットボール部の新しい監督で、母親はぼくの英語の先生だったよ。コニーという名前だったよ。それから二年間、ぼくらは将来のことを話しあい、夢を分かちあった。ぼくらは愛しあっていた」

ホリーはその先を聞くのが怖かった。しかし同時に、ローマンがそれを口にすべきだということもわかっていた。

「コニーは、ぼくがカレッジの二年生になる前の夏休みに死んだんだ。ぼくは湖の岸辺から、水上スキーですべる彼女の姿を眺めていた」そこでローマンは首を振った。「彼女は笑いながらぼくに手を振ってくれた。とてもきれいで、生き生きとしていたよ。

それから一分もしないうちにスピードボートが突然現れて、彼女に激突した。どうすることもできなかった。ぼくは彼女が死ぬのをこの目で見たんだ。そのあとぼくは……人生からおりた」

涙がホリーの頬を伝ってこぼれた。「ああ、ローマン、あなたがわたしたちにチャンスを与えてくれたこと自体が奇跡なのね?」

ローマンはホリーを、彼女の頬を伝う涙を、瞳のなかにきらめく愛を見つめ、自分が誰かのものだという感覚のすばらしさを味わった。

「いや、それは奇跡のおかげじゃない」ローマンはこみあげる涙を冗談でまぎらわそうとした。「あのデイジー模様のパンティのおかげさ」

ホリーはすすり泣きながら笑った。

ローマンは両方のてのひらでホリーの顔を包みこんだ。「同情を買うためにこんな話をしたんじゃないんだよ」彼はやさしくささやいた。「きみには、ぼくが愛を軽々しく与えるような男ではないことをわかってほしいんだ。ぼくはこれ以上大切な人を失いたくない」

「あなたは絶対にわたしを失ったりしないわ。だって、わたしはあなたを愛しているのよ」

ローマンの顔が近づいてくる。ホリーはそっと唇を重ねた。

数分後、ようやく唇を離すと、ローマンはホリーの耳もとにささやいた。「ホリー?」

「なあに?」

「ドアに鍵《かぎ》はかかっているかい?」

キスにうっとりとなって、ホリーのまぶたは眠たげにふるえた。「わからないわ。どうして?」

「きみと愛しあいたいからさ。きみが見物客が欲しいと言うなら別だが」

ホリーは、ローマンの気が変わらないうちにドアに鍵をかけた。

昼食の席では、気まずい沈黙が流れていた。ローマンだけが、その沈黙を気にもかけていないように見える。

ゴードン・マロリーは見るからに暗く不安げな表情を浮かべていた。ローマンは、それがホリーを失うかもしれないという恐れのためでなく、あの大金のせいではないか、と考えずにはいられなかった。問題は、どうやってその証拠をつかむかだ。私立探偵のライセンスは州外では使えないから、ぼくの持つネットワークを活用するつもりだ。

数時間後、ローマンは満足げな笑みを浮かべて登記所を出た。ゴードン・マロリーが不動産関係の仕事をしていることを裏づける証拠は、皆無だった。ネバダ州内にマロリーの名前で登記されている不動産はひとつとしてない。それだけでなく、兄弟のどちらも不動産売買の資格を得ていないのだ。

午後の調査で見つかった興味深い事実がほかにもあった。マロリー兄弟はもはやラスベガスの住民ではなくなっていた。ナッソーへ向かう直前に、彼らはアパートメントを引き払っていたのだ。

ということは、ゴードンは結婚後ベントンの屋敷に移るつもりだったか、あるいはナッソーから二度と戻らないつもりだったかのどちらかだ。出どころの知れないあの百万ドルがある以上、後者の可能性が高いように思える。

すべては推測の域を出ない。しかし、もしあの金が正当なものなら、今までに少なくとも誰かが紛失届を出しているはずだ。ゴードンとビリーが、金がなくなったことを声を大にして訴えていないのは不自然だ。

ローマンの目には、ふたりが口をつぐんでいることこそが、有罪の証拠と映った。

もちろん、ホリーがなんらかの形で犯罪に加担している可能性は残っている。しかし、ローマンのあらゆる本能がそれを否定していた。

なにより、ホリーには動機がない。デイビス・ベントンがなんでも与えてくれるのだから、彼女には金を盗む必要などないのだ。例外はスリルを求めた場合だが、それもありえない。彼女はそういう種類の女性ではないからだ。とすれば、容疑者として残るのはマロリー兄弟しかいない。しかし、彼らが有罪であることを証明するのは簡単ではなさそうだ。

13

ローマンは、ぎりぎり夕食に間に合う時間に屋敷に戻った。ホリーはずっと心配そうにドライブウェイを眺めていたが、タクシーが屋敷の前でとまるのが見えると安堵《あんど》のため息をついた。ゴードンと父親が、まるで過去を思いだせないのは彼女自身のせいだ、と言わんばかりのとがめるような視線を投げてくるなかで、ひとりで夕食の席につくのがいやでならなかったのだ。

ローマンがドアから入ってくると、ホリーはその腕をとってダイニングルームへと引っぱった。「どこにいたの？　食事に間に合わないいんじゃないかと心配したわ」

ローマンはにやりと笑った。「ねえ、ぼくもきみが恋しかったよ。だけどせめて帽子をかける時間くらいくれないか?」

ホリーは目を丸くした。「ごめんなさい。昔の……思いだせないほうのわたしは、きっと強引で勝手な女だったにちがいないわ」

ローマンはホリーの耳たぶを噛《か》み、ささやいた。「それがベッドのなかのきみにも通じるのだとしたら、ぼくとしては大歓迎だよ」

ダイニングルームに入って父親の右側の席についたとき、ホリーの顔はまだうっすらと赤く染まっていた。

「なにをしていたんだ?」デイビスは尋ねた。

ホリーはナプキンをとると膝の上に広げた。「ローマンが戻ったの。すぐに来るわ」

デイビスは眉をひそめ、スープのボウルを持って立っていたメイドに合図した。「ちょっと待ってくれ。まだ全員そろっていない」

ゴードンはホリーに神経質な視線を投げ、自分のナプキンを広げた。「ホリー、今日はほとんど姿を見なかったよ。休んでいたのかい?」

ホリーは冷たく答えた。「いいえ」

「せめて話くらいできるだろうと思っていたけれど、それも望みすぎだったのかな。話しあえば、問題を必ず解決できると思うよ」

「解決しなければならない問題なんてないわ」

ゴードンは顔を赤くした。「きみは変わったな。前はこんなに冷たくなかった。彼がきみを洗脳したってことか」

あんな目にあって、まだ洗脳される頭があっただけ幸運だわ。そこにローマンが入ってきて隣に座ったので、ホリーは答えずにすんだ。

ローマンはデイビスをちらりと見やってうなずいた。「遅くなって申し訳ありません。待っていてくだらなくてもよかったんです。父からいつも、時間どおりにテーブルにつけないなら、どんなものを食べさせられても文句は言うな、と言われていましたから」

デイビスはつい笑ってしまい、そのあとスープを配るようメイドに合図した。「きみのお父さんが好きになれそうだ。なにをなさっているのかね？」

ローマンの顔に暗い影がよぎった。「ずっと牧場を営んでいましたが、一年ほど前に飛行機事故で亡くなりました。家族の牧場は、今は長男のロイヤルが引き継いでいます」

ホリーは驚いた。父親が亡くなっているのは知っていたが、その原因は初耳だ。

「それはお気の毒に」デイビスが言った。「飛行機というのは、航空会社のものかね、それとも自家用機だったのかね？」

ローマンの顔はさらにくもった。「自家用機です。パイロットをしているもうひとりの兄が操縦していた飛行機でした。兄のライダーは助かりましたが、父は助かりませんでした。ライダーは、ミシシッピの郊外でチャーター会社を経営しています」

デイビスはうなずいた。「テキサスからはずいぶん離れているな。どうしてそんな場所で会社を？」

「兄はケイシー・ルーバンという、ミシシッピで最高の女性と結婚したんです」ローマンはそう言ってホリーにウインクした。

デイビスは意外な名前に驚いて、彼としては珍しくボウルにスプーンをぶつけて音をたててしまった。ビジネスの世界では、なじみ深い名前だったからだ。

「ルーバン？　ディレイニー・ルーバンのお孫さんかね？」デイビスは尋ねた。

「そうです」

「ほう」デイビスはあらたな敬意がこもった目でローマンを見つめた。

「残念ですが、その名前には聞き覚えがありません。特別な女性なんですか？」ゴードンが尋ねた。

「兄はそう思ったようだよ」ローマンは答えた。

ゴードンは赤くなった。

「ケイシー・ルーバンは祖父が率いていた大会社の経営を引き継いだんだ」デイビスが言った。「誰もが失敗すると予想していた。だが彼女は、祖父と同じように立派に会社を経営してみせたんだよ」

ゴードンはローマンをじっと見つめずにはいられなかった。この男は、おれが普段かかわっている人間たちとはまるでタイプが違う。

「ということは、兄弟のひとりは牧場主で、もうひとりはパイロットというわけだ。それで、きみはなにをしているんだ？」ゴードンは尋ねた。

「ぼくは私立探偵だ。軍隊をやめたあとライセンスをとった」

ゴードンはスープを喉につまらせそうになった。

完璧《かんぺき》だ！　まったく完璧じゃないか！　ただでさえ面倒なところに、プロの探偵までお出ましか。

「きみは私立探偵なのか」デイビスが言った。「どこかの事務所で働いているのかね？」

「いいえ、独立しています」

デイビスはホリーをちらりと見た。彼女は黙って目の前のスープを口に運んでいる。事故の前の、彼が知っていたおしゃべりな娘とは別人のようだ。本当にこの子はゴードンの言うように洗脳されてしまったのだろうか。たしかに娘を利用してデイビスの金をねらう男はこれまでにもいた。「独立してビジネスを立ちあげるには時間がかかるものだがね」

ローマンは仕事を始めた最初の数カ月のことを思いかえした。「たしかにそうですね。ですが、最初の一年が過ぎる前に黒字になりました」

デイビスは眉をあげた。「ほう」

ゴードンがうんざりしたように尋ねた。「そうした仕事が俗っぽすぎると思ってしまうことはないかい?」

ローマンは顔をあげた。もしゴードンが彼をもっとよく知っていたら、その顔に浮かぶ表情におびえたはずだった。

「それは、どういう仕事のことを指しているのかな?」ローマンはゆっくりと尋ねた。

「わかるだろ、夫をだます浮気性な妻とか、つとめを果たさない父親とかさ」

ローマンの口調は穏やかだったが、目はみるみる冷たさを増していった。「ぼくは家庭内の争いごとは扱わないんだ」

ゴードンは鼻を鳴らした。「それなら、なにを扱っているんだ?」

「大半は詐欺や横領に関連した、企業相手の仕事だ。被害を受けた企業から依頼があれば、当局と協力して捜査をすることもある」

ゴードンの挑発的な態度が消えた。この男はトップレベルの仕事をしている——それがわかると、彼はそわそわと視線を泳がせた。

デイビスは敬意をこめてローマンを見つめなおした。そうした種類の仕事の報酬がどれくらいかはよく知っているし、なにより信用第一の仕事だ。ローマンは信用できる、というホリーの本能はあながち間違いではないのかもしれない。

ちょうどそのとき、メイドがメインディッシュを持って入ってきた。

「ああ」デイビスは言った。「プライムリブか。わたしの好物だ」

ホリーはほほえんだ。「それにロブスターもでしょ……」彼女ははっと息をのんだ。「まただわ!」

デイビスは手をたたきかねない喜びようだった。

「すばらしい! すごいじゃないか、ゴードン? ビリーも回復しつつあるし、ホリーは日に日によくなってきている！」

ローマンはホリーを見つめてウインクした。「それに、時間がたてばたつほど記憶はもっと楽に戻ってくるよ」

ゴードンはほほえもうとしたが、顔をゆがめることしかできなかった。なんとかしなければ。考えるんだ、ゴードン。おまえはカール・ジュリアンを出しぬいたじゃないか。今度もうまくやれるはずだ。ゴードンは手もとの皿を見つめているうちにある考えを思いつき、顔をあげた。「ホリー、飛行機から落ちたときにはさぞかし怖かっただろうね。そのあと自力で避難場所を見つけるなんて、なんて勇敢なんだろう、とずっと思っていたんだ」彼はにっこりとほほえみかけた。「パラシュートでおりた場所から、かなり歩かなければならなかったのかい？」

ホリーは驚きを隠さなかった。家に帰ってからというもの、ゴードンが事故に関心を示したのはこれがはじめてだったからだ。

「わからないわ。たぶんそうだと思うけど。距離を判断するすべがなかったの」

ゴードンは心配そうな顔をつくった。「それじゃジャスティス、きみのキャビンはホリーが着地した場所からどのあたりにあるんだ？」

ローマンの心は別のことで占められていた。ゴードンが口にしたなにかが引っかかっていたのだ。だが、それがなにかわからない。そのせいで、答えるまでに少し間があいた。「たぶん五キロほど稜線《りょうせん》を下ったところだと思う。あくまで推測にすぎないがね。彼女の足どりをたどりなおして話の裏づけをとる必要はないと思ったし、もしそうしたくても、あの雪ではどうにもならなかったろう」

しかしゴードンはあきらめなかった。「自分のキャビンを持つというのは、きっとすばらしいだろうな。ぼくも投資のために調べてみようかと思っているんだ」彼は続けた。「ぼくは不動産の仕事をしているものでね。そこはデンバーから遠いのかい？」

今ではローマンにはゴードンが嘘《うそ》をついていることがわかっていた。マロリーは不動産業界とはなんのかかわりもないのだ。「南西に二時間ほど行ったところだ」

ゴードンはうなずき、いったん会話を中断してパンにバターを塗った――この男は用心深い。これ以上しつこくきいては不審がられてしまう。今の情報から、知りあいの何人かに連絡をとって調べてもらおう。あとのことはそれからだ。

ローマンは食事の手をとめて、まだ違和感の正体をつきとめようとしていた。

〝落ちたときにはさぞかし怖かっただろうね〟

ローマンは顔をあげ、ゴードンを探るような目でじっと見つめた。これまでずっと、誰もがホリーは飛行機から自分で飛びおりたものと考えていた。パラシュートをつけていたのだから当然だ。しかしたった今、ゴードンは〝落ちたとき〟と言った。

「ゴードン、正確にはなぜあの飛行機は墜落したんだ？」ローマンは尋ねた。

ゴードンは驚いて顔をあげた。「なぜと言われても、ぼくがコックピットから出てきたときに……」

デイビスが眉をひそめた。「きみはすぐに気絶したんじゃなかったのか？」

ゴードンは真っ青になった。まずい、自分の嘘でぼろが出てしまった。「そのとおりです」あわてて答える。「残念ながらそれ以外のことはなにもわかりません」

「それなら、どうしてホリーが落ちたなんて言ったんだ？」ローマンは問いつめた。「彼女がパラシュートをつけていたということは、自分で飛びおりるつもりだったんだろう。それなのに、ほかの誰もパラシュートはつけていなかったのはなぜだ？　どうして彼女は飛行機から落ちたんだ?」

ホリーの耳に、あの声が聞こえてきた。

〝さあ、これをつけて。静かにするんだ。聞こえてしまう〟

ゴードンを見つめながら、ホリーはフォークを置いた。「そうよ、ゴードン。どうしてわたしはパラシュートをつけていたの? どうしてわたしが落ちたなんて言ったの?」

ゴードンの額に汗が浮かびはじめた。彼は肩をすくめて笑おうとした。「誤解させたのなら申し訳なかった。さっきも言ったとおり、ぼくは事故の直前にはパイロットとコックピットにいたので、どうしてホリーがパラシュートをつけていたかはわからない。ただ、彼女が爆発かなにかのせいで落ちたと思っただけなんだ」

ゴードンは不自然なほど神経質になっている。ホリーもローマンも、それに気づいた。しかし、なぜ彼が嘘をついているのかがわからない。あの金がなんらかの形でからんでいるのだろうか。

「事故の話はもうよそう」デイビスが口をはさみ、話題を変えた。「そういえば、ジュリアンが殺された事件は警察がまだ調査中だと新聞に出ていたよ」

「ジュリアンというのは誰?」ホリーが尋ねた。

デイビスは急いで謝った。「ああ、すまない。カール・ジュリアンというのは、ダウンタウンのカジノのマネージャーだ。おまえの事故の前日だか二日前だかに、オフィスで殺されたんだ」

「わたしの知っている人?」

ゴードンが素早く答えた。「いや! きみは知らない男だ!」

しかし、ローマンにはその返事があまりに早すぎたように思えた。

「いや、この子はジュリアンを知っていたよ。昨年、ホームレスの保護施設をつくる資金調達のためのチャリティイベントを一緒に主催したからね」

ゴードンは動揺が顔に出ていないことを願った。

「そうだったのか、ぼくらが知りあう前にそんなイベントがあったんだね」

「ご家族がお気の毒だわ」

「彼には家族はいないんだ」ゴードンはそう言ってから、しゃべりすぎてしまったことを後悔した。

「そのとおりだ」デイビスが言った。「ジュリアンは独身だった。残念ながら、捜査は手づまりになっているようだよ」

いいぞ、とゴードンは思った。少なくともひとつは、ぼくに有利な話があった。

ローマン以外には、テーブルについていた誰もゴードンの軽率な発言に気づかなかった。ローマンはそれを心にとどめた。この混乱のどこかに、あの金にまつわる謎《なぞ》に対する答えがあるのだ。

真夜中すぎ、ホリーはベッドルームの外の廊下の足音に気づいた。何時間も前からベッドに横になっていたが、ずっと眠ることができずにいたのだ。目を閉じるたび、心は得体の知れないイメージでいっぱいになった。記憶がよみがえりかけているせいかもしれなかったが、焦燥感はつのるばかりだった。

足音は部屋のドアのすぐ外でとまった。ホリーは上体を起こし、ドアノブがまわりはじめるのをじっと見つめた。「誰なの?」彼女が声をあげたとたん、ドアのむこうにいた相手は走り去った。

ホリーはパニックに襲われてベッドから抜けだし、ローブも持たずにドアに向かって走った。息をとめて、廊下に人がいないのをたしかめるためドアを開ける。ローマンの部屋に行きさえすれば安全だ。そう自分に言い聞かせながら、彼女は走った。

ホリーが部屋に飛びこむのと同時に、ローマンが飛び起きた。彼は次の瞬間にはベッドからおりて、ホリーのわきに立っていた。「どうした?」

ホリーはまだふるえていた。「誰かがわたしの部屋の外にいたの。声をあげたら逃げていったわ。まるで、わたしが眠っていなかったことに驚いたみたいに」

ローマンはホリーを自分のベッドに座らせると、ジーンズを素早くはいた。「ここにいるんだ。ぼくが出ていったあとは鍵《かぎ》をかけて、誰も入れるんじゃない」

ホリーは驚いて言った。「でもローマン、きっとなんでもなかった——」

ローマンはホリーの肩をつかんだ。「百万ドルをなくした者がいるのを忘れたのか? きみが言っていたとおり、それよりはるかに少ない金のために人が殺されることもあるんだぞ」

拳銃《けんじゅう》を抜いてドアへと向かいかけたローマンの腕をホリーはつかんだ。「ローマン、もしあなたになにかあったら耐えられないわ」

「心配はいらない。ちゃんと鍵をかけるんだよ」

ローマンが出ていくと、ホリーは言われたとおり鍵をかけた。そしてローマンのベッドにもぐりこみ、彼が寝ていた場所に横になった。マットレスがまだあたたかいことにほっとした。

ローマンはかつての軍隊時代を思いだして足音を殺し、目と耳に神経を集中させた。

そして各部屋のドアの前で立ちどまり、室内の音に耳を傾けた。どの部屋に誰がいるのかは知りようがないが、夜半すぎのこの時間にまだ起きている者がいたら、満足のいく説明をしてもらわなければならない。

階段をおりはじめたとき、ローマンは廊下のつきあたりの部屋のドアの下からかすかに光がもれているのに気づいた。彼はノックもせずにそのドアを押し開け、ゴードンがいるのを見つけた。ベッドには男が横たわっている。

ゴードンはローマンの手に拳銃が握られているのに気づいてあわてた。「いったいなにごとだ？」

ローマンは部屋に踏みこむとドアを閉め、ゴードンから目を離さずにベッドへと歩み寄った。この男がゴードンの弟にちがいない。

「質問しているんだぞ」ゴードンは叫んだ。「きみにはこんなふうに押し入る権利はない」

ローマンは、少しもひるまずにゴードンを冷ややかに見つめた。「五分前にはどこにいた？」

ランプの明かりのなかでも、ゴードンの顔がこわばったのがわかった。「ここにいたよ。夕食のあとからずっとここにいた」

ローマンはビリー・マロリーの顔に驚きと不安の色が浮かぶのを見のがさなかった。「本当か？」

ゴードンが怒鳴った。「尋問口調で弟を疲れさせるのはやめてくれ」

「誰かがホリーの部屋に忍びこもうとした。そのせいで、彼女は猛烈におびえている。ぼくはそんなことが二度と起きないようにしたいんだ」

その言葉には、はっきりと警告がこめられていた。ゴードンはそれを受け入れるほかなかった。「怒鳴ったりして悪かった」ゴードンはビリーのほうを指して言った。「だが、ぼくの心配もわかるだろう」

ローマンの声はささやきに近いほど低くなった。「ぼくの心配もわかるはずだ。きみは、結婚するはずだった男にしては、花嫁に対する気配りがなさすぎるぞ」

ローマンはゴードンに答えるいとまを与えずに背を向けると部屋から出ていき、猛烈な音をたててドアを閉めた。

ビリーは吐きそうな気分になった。「いったい今のはなんなんだ？」

ゴードンは爆発寸前だった。「あれがローマン・ジャスティスというやつだ。ホリーを雪山から引っぱりだして助けたやつさ」

「そいつはただの男だと言っていたじゃないか」ビリーは叫んだ。「ただの男は拳銃を振りまわしたりしないぞ」

「黙れ！」ゴードンは叫んだ。「すべては順調なんだ」

ビリーは兄をにらみつけた。「次にホリーの部屋のドアの前を通りすぎるときには気をつけるんだな。彼女には手を出さないと約束したじゃないか」

「彼女を傷つけるつもりはない」ゴードンはポケットから注射器をとりだしてつぶやいた。「この薬でちょっと口を軽くしてやろうとしただけさ」

ビリーは鼻を鳴らした。「もしもホリーに手を出したら、ぼくはカール・ジュリアンのこともすべてしゃべるからな」

「手など出さないと言ったろ」ゴードンはうなった。「まるで、彼女とつきあっていたのはおまえのほうだと思われそうな態度だぞ」

ビリーは黙っていた。

ゴードンは弟の顔を見て真相に気づいた。「おまえ、彼女にほれてるのか」

ビリーは答えなかったが、否定もしなかった。

「このばか！　おまえのことなど気にかけてもいない女のために、すべてをぶちこわしにしてくれたわけか」

「いずれ彼女は記憶をとりもどすさ。そのときには、少なくともぼくが彼女に死んでほしくないと思っていたことも、思いだしてくれるはずだ」

ゴードンは怒りのあまり、部屋を出ていった。興奮していたせいで、廊下のつきあたりに立つ暗い人影には気づかなかった。

ローマンは、ゴードンの激高ぶりをすべて見ていた。できるだけ早くホリーをこの屋敷から連れだす理由を見つけなければならない。ゴードン・マロリーがいる限り、彼女は危険だ。

二日後、ラスベガスのダウンタウンの交差点で、ローマンの携帯電話が鳴りはじめた。彼は駐車スペースに車を寄せて電話に出た。「もしもし」

秘書のエリザベスの声が聞こえてきた。

「よかったわ。もう一時間以上も連絡をとろうとしていたんです。なかなか電話がつながらなくて」

ローマンは緊張した。エリザベスはトラブルの場合以外は決して電話をかけてこない。「どうしたんだ?」

「さっき警察が帰ったところです。お兄さまからも何度も電話がありました。誰かがキャビンに押し入って、なかをめちゃくちゃに荒らしたらしいんです。車で通りかかったレンジャーが玄関のドアが開いているのに気づいてくれたそうで」

「なんだって? ちゃんと鍵をかけて出たのに」

「ええ、ドアはこじ開けられていたそうです」

ローマンはため息をついた。「それは防ぎようがないな。手がかりはなにかあるのかい?」

「いいえ、でも話はそれだけじゃないんです」そこでエリザベスは深く息を吸いこんだ。「警察が今朝ここに来たのは、昨夜誰かがあなたのご自宅にも押し入ったからなんです。警察の話だと、そちらもキャビンと同じような状態になっていたらしくて。犯人はなにか捜していたみたいで、貴重品にはいっさい手がつけられていなかったそうです」

「それは偶然じゃないな」

「キャビンの件を話したあとは、警察も同じような見解でした。あなたがなにか原因になるような事件にかかわっていないかと尋ねられましたが、思いあたる事件はない、とお答えしておきました」エリザベスはためらった。「それでよろしかったでしょうか？」

「ああ、それでいい。依頼を受けている事件についてはね。ただ、ぼくがこっちで個人的に調べている件がからんでいる可能性がある」

「まあ！　それでは警察に電話して――」

「連絡はぼくがする」そのとき金庫にしまってある金のことが思い浮かんだ。「そこは無事かい？」

「ええ、でも考えてみればオフィスにだって……まあ、どうしたらいいでしょう」

「テキサス・セキュリティーズに連絡して、オフィスに二十四時間体制の警備をつけるように頼んでくれ」

「わかりました。すぐに手配します」

「ああ、それとエリザベス」

「なんでしょう？」

「どんなことがあっても駐車場にはひとりで行かないようにするんだ。ぼくが戻るまで、オフィスは閉めておいてくれ」

「でも依頼の電話が入ったら――」

「新しい仕事よりもきみの安全のほうが大切だ。重要な用件ならば、かけなおしてくるさ」

「はい、わかりました」

「それと、警察にこの携帯電話の番号を伝えてくれ。もしほかに質問があるならぼくが直接答える、と」

ローマンは電話を切り、窓の外を見つめた。しかし、その目に歩行者の姿は映っていなかった。彼の頭にあるのは、誰かが金を捜している、ということだった。ふいに、新聞資料を調べに行くことよりも、ホリーのもとに戻ることのほうが重要に思えてきた。彼女が次の標的になってもおかしくないのだ。

14

ホリーが本を手に図書室から出たとき、メイドのジュリアが呼びかけてきた。

「ミス・ベントン、美容院からお電話が入っていらっしゃいます。予約をキャンセルなさいますか？　それともこちらからかけなおすと申しておきましょうか？」

その質問に、ホリーはまたしても無力感に襲われた。この街のどこかに、わたしのことをわたし以上に知っている美容師がいる。

「ミス・ベントン、かけなおすということでよろしいですか？」

メイドにくりかえし呼びかけられ、ホリーは困惑が顔に出ていたことに気づいた。彼女はうなずき、礼を言った。すぐにメイドは立ち去り、廊下にはホリーがひとり残された。彼女はもう読む気のうせた本を近くのテーブルに置いて、中庭へと向かった。日光と新鮮な空気が気分をすっきりさせてくれるかもしれない。

ダイニングルームの前を通りすぎたとき、彼女は壁の鏡に映る自分の姿に目をやった。ふいに心臓が高鳴りはじめた。足もとの白い革のサンダルを見つめているうちに、それを店で買ったときの記憶が鮮明によみがえってきたからだ。

ホリーは長いあいだ無言のままで、鏡のなかの肩までの黒っぽい髪を、大きく見開かれたグリーンの目とふるえる唇を見つめていた。しかし、それ以上の記憶は戻らなかった。

ホリーは、自分がひどくふるえているのにも気づかないまま鏡に背を向けた。

ローマンが、呆然《ぼうぜん》と立ちつくしているホリーを見つけたのはそのときだった。「ホリー、どうしたんだ?」

ホリーはローマンの腕のなかに飛びこんだ。「ああ、ローマン、もう少しだったんだ?」

「なにがもう少しだったのに……」

「思いだせそうだったの」

ローマンの腕に力がこめられた。「今に思いだせるさ」

「本当にあともう少しだったのよ」ホリーは鏡を指さした。「鏡に映ったのを見て、自分が誰なのか一瞬思いだしそうになったの」

ローマンがずっと探していた、この屋敷からホリーを連れだす口実が見つかった。「きみには気分転換が必要なんだよ。そうだ、ドライブに行こう」

ホリーはため息をついた。「行くわ。ただし二度と戻らなくていいと約束してくれるなら」

ローマンはホリーの髪に手を差し入れ、彼女の顔を唇のすぐそばまで引き寄せた。「約束はなしだ」

ホリーはあふれてきた涙をぬぐった。「いいわ」

「お父さんはどこかな?」

「たぶん書斎じゃないかしら」

「楽な服に着替えておいで。出かけると伝えてくるから」

「どこに行くつもりなの?」

ローマンはホリーの耳もとにささやきかけた。「それはあとのお楽しみ。とにかく急いで。きみを早く裸にしたくてたまらないんだ」

ホリーの顔に笑みが広がった。「わたしには拒めない申し出ね」彼女は階段を駆けあがっていった。

デイビスの書斎へと向かう途中、ローマンは彼に状況をどこまで打ち明けるべきか考えあぐねていた。しかしホリーが百万ドルを持って飛行機から飛びおりたという事実をまだ明かせない以上、基本的にはなにも話せない。

書斎のドアは開いていた。ローマンはその前で立ちどまって呼びかけた。「ミスター・ベントン?」

デイビスは財務報告書に没頭していて、顔をあげずに返事をした。「なんだね?」

「ホリーをドライブに連れていこうと思います」

するとデイビスは顔をあげた。

「彼女には気分転換の必要があります。重圧に耐え切れなくなっているんです」

デイビスは立ちあがり、怒りがにじむ声で言った。「わたしは娘にプレッシャーなどかけていない。きみが勝手にそう思っているだけじゃないかね」

「ミスター・ベントン、ホリーをずっと閉じこめておくことはできませんよ。そんなことをしたら、ますます彼女の回復を遅らせるだけです」

デイビスは肩を落とした。「すまなかった。だが、わたしが一度はあの子を失いかけたことを忘れないでくれ」

「ですが今、彼女が苦しみに耐えていることも事実なんです」

「わかっている。できるだけあの子の負担にならぬように努力するよ」

「ぜひお願いします」ローマンは言った。「遅くなりそうなときは、電話をしますから」

「頼む」デイビスは答えた。「楽しんできてくれ」

デイビスは座りなおしたが、ローマンの用件はまだ終わっていなかった。

「ミスター・ベントン」

「デイビスと呼んでくれないか」

「ではデイビス、ゴードンはどこです?」

ベントンは肩をすくめた。「知らんね。朝食のとき、アパートメントに自分とビリーの着替えをとりに帰るようなことを言っていたが。なぜだね?」

「いえ、別に」ローマンはそう答えて部屋を出た。

アパートメントとはどこのことだろう。ラスベガス市の記録によれば、ゴードンとビリーにはもう家はないはずだ。ローマンはホリーを迎えに二階に向かったが、踊り場まで行ったところで素早く決断し、ビリー・マロリーの部屋に向かった。

ローマンがドアをノックすると、なかから看護師がドアを開けた。

「なんでしょう？」

「ビリーは眠っているのかい？」

「いいえ、ですが――」

「ゴードンを捜しているんだが、ビリーなら居場所を知っているかもしれない、と思ってね」

「それはどうでしょう」

看護師はためらっていた。彼女はゴードンに、誰も部屋には入れないよう命令されているのかもしれない。ローマンはとびきりの笑顔を向けて言った。

「頼むよ。長居はしないから」

「わかりました。でも、少しのあいだだけですよ」

「ありがとう」ローマンは言った。「ちょうどいい、休憩したらどうだい？　きみが戻るまでは部屋を離れないようにするから」

看護師はほほえんだ。「よろしいんですか？　助かります。電話をかける用事があったんです」

「ああ、心配はいらない。どうぞごゆっくり」

看護師は部屋のなかに向かって言った。「ミスター・マロリー、お客さまですよ。そろそろお薬の時間ですから、キッチンまでとりに行ってきます。なにか欲しいものはありませんか？」

ビリーは首を振った。

看護師はほほえんだ。「すぐに戻りますからね」

看護師と入れ替わりにローマンが入ってきたのを見て、ビリーは動揺した。落ち着け、おびえる必要などない。誰もぼくたちの秘密のことは知るはずがないのだから。

ローマンはベッドの足もとで立ちどまり、うなずいた。「やあマロリー」

「ミスター・ジャスティス……だったな」

ローマンはうなずいた。「このあいだは、お互いにきちんと紹介されなかったな」

「ああ、たしかに」ビリーが言った。「あのときは、ぼくも拳銃《けんじゅう》に気をとられていたし」

「あのときも言ったとおり、ぼくはホリーへの脅しは自分の問題と受けとっているものでね」

ビリーは痛みにうめきながら、ベッドの上で体を動かした。「それはわかったよ。別にそのことであんたをとがめるつもりはない」

ローマンはじっとビリーを観察した。年齢は二十代前半あたりだろう。ゴードンよりは小柄で、髪の色が薄い。「具合はよくなってきているようだね」

「ああ、だけど治りが遅くてじれったいよ。早くベッドから出たい」

ローマンはうなずいた。「ゴードンはどこだ?」

「兄になんの用だ?」

「ききたいことがあるんだ。代わりにきみが答えてくれてもいい」

落ち着くんだ、とビリーは自分に言い聞かせた。

「事故のことなら、ほとんど覚えていないんだ」ビリーは吐き捨てるように言った。「目を覚ましたら病院だとわかったときの、ぼくの驚きを想像してくれよ」

ローマンは返事をしなかった。まだ生きていることを神に感謝すべきはずの男にしては、いかにも苦苦しげな態度だ。

「それで、なにを知りたいんだ?」ビリーが尋ねた。

ローマンは窓辺に歩み寄り、相手に緊張をとく間を与えた。それから振り向いて、不意をついた質問を投げかけた。「みんながゴードンとホリーは駆け落ちする途中だった、と言っている」

ビリーの心臓がどきりと鳴った。口調で相手が疑っていることはわかった。「ああ、そのとおりだ」

「それはおかしいな」

「なにがおかしいんだ？」

　ローマンはベッドのそばまで戻り、ビリーを厳しい視線でじっと見すえた。「もし駆け落ちの途中だったのなら、どうしてきみも一緒だったんだ？」

　ビリーは息がつまった。やはりこの屋敷に来るべきじゃなかった。この男は好奇心が強すぎる。

「花婿にはつきそい役がいるだろう」ビリーは無理にほほえもうとした。

「ということは、駆け落ちして結婚パーティでもしようとしていたわけだ」

「ああ、そういうことだ」

　ローマンは首を振った。「きみたち三人だけで？　花嫁のつきそい役は誰がつとめることになっていたんだ？　ゴードンにいて、ホリーにいないというのはおかしいな」

　ビリーは笑みを浮かべつづけたが、内心はパニックに襲われていた。「ぼくにきかないでくれ。ぼくはただ頼まれてついていっただけなんだ」

「そうか」それからローマンは、ビリーが気をとりなおす前に続けて質問をぶつけた。「早く自分の家に帰りたいだろうな。家はここから遠いのかい？」

　そのとき、ホリーが戸口に姿を見せてローマンに手を振ったので、ビリーは答えずにすんだ。

「ここにいたのね」ホリーは言った。「捜したのよ。出かける準備ができたわ」

　ローマンはホリーを手招きした。「ビリーに挨拶《あいさつ》していくといい」

　ホリーは少しためらってから部屋に入った。これまでビリーを見舞ったことはなかった。

「ミスター・マロリー、早くよくなることをお祈りしているわ」

　ビリーはもちろんホリーの記憶喪失のことは知っ

ていた。それでも、まるで初対面のような表情を向けられると、自分の人格が否定されたような気分になった。「ありがとう。だいぶよくなった」

ビリーはホリーをじっと観察した。はき古されたリーバイスのジーンズにタンクトップ、そしてテニスシューズ。これまで見慣れていた洗練された彼女の服装とはかけ離れていたが、今のホリーのほうが好きだ、とビリーは思った。

ホリーはビリーの視線にとまどい、ローマンに言った。「玄関で待っているわね」

立ち去りかけたホリーに、ビリーが呼びかけた。

「ホリー！　待ってくれ！」

ホリーは振り向いた。「なにかしら？」

「きみが無事で、本当によかった」

その言葉が予期せぬものだっただけに、ホリーは強く心を打たれた。「まあ、ありがとう」彼女はふと思いついて、ベッドサイドに歩み寄った。「おかしなことをきくと思うでしょうけれど、わたしたちは親しい友達だった？」

ビリーはため息をついた。「ぼくがそうであってほしいと思うほどではないけれど、親しい間柄だったよ」

ホリーはうなずいた。「そうだと思っていたわ」

ビリーは驚いてききかえした。「どうして？」

「だってあなたといても居心地が悪くないから」

ビリーはほほえんだ。「それはよかった。ぼくがきみを怖がらせるなんて、考えるのもいやだよ」

ローマンはビリーの顔を見つめた。その表情から、ローマンには彼がホリーに恋していることがわかった。

「ゴードンに、ぼくが捜していたと伝えてくれ」ローマンは言った。

ビリーはうなずいた。「必ず伝えるよ」

「看護師が戻ってきたようだ。これで失礼するよ」

ローマンとホリーが出ていったあと、ビリーは自分たちの終わりが近づいているという確信にも似た思いを抱いた。ローマン・ジャスティスはばかではない。ぼくが飛行機に乗っていた理由も、事故の説明もあやふやすぎることに、彼は気づいている。

ビリーは横を向いて、どれだけ動けるか試してみた。たちまち痛みが走り、彼はうめき声をあげた。

「だめですよ、ミスター・マロリー」看護師が注意した。「まだ動いてはいけません」

動くなだと？　ゴードンのせいで、ぼくは走れるようにならなければならないんだぞ。それも、すぐに。もう時間がない。

ローマンの車はラスベガスから西に向かい、カジノが並ぶ通りを抜けると、やがてまわりは砂漠だけの風景に変わった。遠くの山並みが近づくにつれ、ホリーの緊張は目に見えてほぐれていった。

「ローマン」

「なんだい？」

「連れだしてくれてありがとう。もっと前にこうするべきだったわ」

「どういたしまして」

ホリーは座席に背をもたせかけ、すっかりリラックスしていた。「今朝あなたが出ていったときは、夜まで戻らないと思ったわ。一時間も出かけていなかったでしょ。なにか忘れもの？」

「いや、そういうわけじゃない」

ローマンの口調には、ホリーの警戒心を呼びさますなにかが含まれていた。彼女は座りなおした。

「それならどうして？」

ローマンは息を吸いこんだ。「秘書から電話があった。警察がぼくを捜してオフィスに来たそうだ」

ホリーの顔からさっと血の気が引いた。彼女ははじかれたように身を起こして、両手を膝の上で握りしめた。「わたしに関係があるのね、そうなんでしょう?」

ローマンは車を路肩に寄せてとめた。「ホリー、ぼくを見て」

ホリーはローマンのほうを向いた。

「誰かがキャビンに押し入った」

ホリーの心臓はどきりと鳴った。

「なにもとられたものはない。ただ荒らされただけだ。まるで、なにかを捜していたかのように」

ホリーは神経質につばをのみこんだ。

「そして昨夜、誰かがダラスのぼくの家に押し入って同じことをした」

「あのお金だわ」

ローマンはため息をついた。「たぶんね」

「たぶんですって? 間違いないわ。わたしのせいよ。お金を持っていてなんて頼んだから……」

ローマンはホリーを両腕で抱きしめた。「落ち着くんだ、ベイビー。大丈夫、こうしたことはぼくの仕事にはつきものなんだ」

ホリーは身を引いた。「でもこれはわたしの責任だわ。わたしたちはこれからどうするの?」

ローマンは、ホリーの頬を撫《な》でてにっこりと笑った。「自分がなにをしたいかはわかっている」

「もう、ローマン! 真剣に考えて」

ローマンはふたりの唇がふれあいそうになるまで顔を近づけた。「真剣になってほしいのかい? こんな明るい場所で?」

「違うわよ、どういう意味かわかっているでしょ」

「わかっているかもしれないし、わかっていないかもしれない」

ホリーはローマンを見つめた。「お金の心配は、あとまわしにするの?」

ローマンの顔にゆっくりと笑みが広がった。「ああ、あのやっかいな存在については、今夜ひと晩じ

「ゆっくり考える時間があるんだ」

「いいわ。それなら最初の計画に戻りましょう。あなたはなんて言っていたかしら？　わたしを裸にするとか言っていなかった？」

「そんなところだ」ローマンは車を発進させた。あと数時間は、自分たちの世界に問題などなにもないふりをしたかった。

ワイルドホース・ホテル&カジノはハイウェイからはずれた山のふもとにあったが、街から離れた場所にありながら大勢の客を引きつけているのは風景ではなく、一夜にして金持になれる可能性だった。

ローマンはホリーと並んでフロントに歩み寄った。チェックインするまで、彼女を落ち着かせておくのがひと苦労だった。

「まるで生まれてはじめてカジノを見たみたいだね」ローマンはからかった。

「もちろん見ているはずだけど、思いだせないんだもの」好奇心に目を輝かせて、ホリーはあたりを見まわした。「でも好きになれそう」

ローマンは顔を寄せてホリーの唇にキスをした。「きみを裸になるよう説得するにはまずい場所を選んでしまったみたいだ」

ホリーは振り向くと、腕をローマンの首に巻きつけてささやいた。「いつでもお望みのときにベッドにしばりつけていいわよ」

ローマンはにやりと笑って、フロントのほうに振り向き、カウンターのむこうにいる男性に言った。「部屋を頼む。思い切り大きなキングサイズのベッドのある部屋を」

男性は、目を丸くしながら鍵《かぎ》に手をのばした。十分とたたないうちに、ふたりは部屋のなかにいた。

ローマンはドアの鍵をかけると、帽子を近くのテーブルにほうり投げてホリーのそばに近寄った。

ホリーの心臓は高鳴りはじめた。今はローマンの腕に身を預けることしか頭にない。「ああ、ローマン、わたしを愛して」

欲望の波にさらわれて、ふたりは服を脱ぎ捨てた。ホリーはローマンの両肩をつかみ、ベッドへと引き寄せた。彼は喜んでそれに従い、ホリーをベッドに押し倒して上に重なった。

ホリーはローマンを見つめ、そのすべてを心に刻みつけた。この瞬間を永遠に記憶にとどめたい。自分が彼に属しているという思いを味わいたかった。

ローマンはホリーの瞳に吸いこまれ、彼女の魂の奥底へと落ちていきそうな感覚にとらわれた。彼は肘をついて上半身を起こすと、指先でホリーの顔の輪郭をなぞりはじめた。

ローマンのゆっくりとした官能的な愛撫《あいぶ》が、体をとろけさせる。ホリーは思わず目を閉じた。

「きみはぼくのものだ」

その言葉に、ホリーはぱっと目を開いた。

「デイジー……ホリー……きみが自分のことをどの名前で呼ぼうが、きみは永遠にぼくのものだ」

ホリーの目には涙があふれてきて、なにも見えなくなった。「わたしにはなんの異存もないわ」

「今のきみには反論するだけの記憶がない。きみがこれまでに誰を愛していたかは知らないが、そんなことはどうでもいい。問題なのは、今から先のことだ。そして今日のきみはぼくのものだ」

ホリーはローマンの頬に手をあてた。「わたしは明日もあなたのものよ。これから先もずっと。誓うわ」

ローマンは、ホリーの髪に手を差し入れて引き寄せた。彼女の息が顔にかかる。唇が重なると彼は小さくうめき、時間の感覚と理性を失って、甘美なホリーの腕のなかに身をゆだねた。

15

ホリーはローマンのあたたかい抱擁にじっと身を預け、愛の余韻を味わっていた。彼はホリーを高みに連れていき、そっと着地させてくれた。時間がたっているにもかかわらず、彼女はまだふるえていた。

ドアのむこうをいくつもの足音が通り過ぎていった。急ぎ足もあれば、のろのろとした足どりもある。今夜ギャンブルで誰が勝ち、誰が負けたのか聞き分けるのは簡単だった。ホリーは、金で幸せが買えると考えている彼らを哀れんだ。お金には不自由してこなかったわたしがどんな体験をしたかしら? あの大金の入ったバッグのせいで、あやうく命を落としかけたのだ。そしてローマンの自宅とキャビンにまで誰かが押し入った。彼女はおびえていた。いったいいつになったら終わるのだろう?

ローマンはホリーの背中を何度もくりかえし撫《な》でさすった。欲望が満たされたあとも、彼は動く気になれなかった。彼女はすでにローマンの血のなかに、そして心のなかに入りこんでいた。

「ローマン、わたしたちはこれからどうするの?」

ローマンは愛撫《あいぶ》していた手をとめた。現実に戻るときが来た。ホリーの記憶が戻るまで待っている時間はもうない。自分たちの身に危険が及ぶ前に、行動を起こさなければ。ローマンはホリーを強く抱きしめると、上体を起こした。

「ひとつ考えていることがある。ただし、それはきみがどれだけうまく嘘《うそ》がつけるか、それ次第だ」

ホリーは驚いた顔で体を起こした。「嘘ってどんな?」

「記憶についてだ」

「意味がわからないわ」

「いずれそのときがきたら説明するよ」ローマンはやさしく言った。

ホリーはローマンの肩に顔をうずめた。「わたし怖いわ……心配でたまらないの」

「大丈夫だよ」ローマンはささやきかけ、唇をホリーの頭に押しあてた。「ぼくを信じるかい?」

ホリーはため息をついた。「ええ」

ローマンは時計にちらりと目をやった。「街に戻る前に暗くなってしまうな。お父さんに、遅くなるようだったら連絡すると約束したんだ」

「わたしが電話するわ」

ホリーは裸なのも気にせずベッドの端まで転がると受話器をとり、なにも考えずに番号を押した。

ローマンはホリーが自分のとった行動に気づくのを、じっと待った。

「ホリーよ。お父さんにつないで……ああ、お父さん、わたしよ。家に着くのが遅くなりそうなの。夕食は待たないでね。途中でなにか食べて帰るわ」

ローマンは、ホリーが父親にさよならを言って電話を切るのを見つめた。

「これでいいわ」ホリーはそう言って、ふたたびローマンに身をもたせかけた。

ローマンは彼女の腕に手をすべらせたあと、頬にかかる髪を払ってやった。「ねえ、ホリー」

ホリーはほほえんだ。「なあに?」

「きみの家の電話番号は?」

ホリーの笑みが消えた。「ええと……思いだせないわ」それからようやく自分がなにをしたかに気がついた。「わたし、またやったのね?」

ローマンはうなずいた。

「気持を集中していないときはこんなふうに思いだせるけど、ささいなことばかりだわ。どうして飛行機から飛びおりたことやあのお金のことを思いだせないの？ こんなことって狂っているわ」

「それは違う。ある意味では、すべて筋が通っているんだ。飛行機や金のことは、思いだしたくないから思いだせないんだよ。きみの無意識の部分が、自分を守ろうとしているんだ」

ホリーはベッドをおり、いらだたしげに服を着はじめた。ローマンは彼女の気持を思いやって胸を痛めた。だが、これももうすぐ終わるはずだ。そう思ったとたん、彼の胸は締めつけられた。この愛を終わらせたくない。このまま彼女との関係が永遠に続いてほしかった。

ローマンは沈んだ気分になり、ベッドからおりてジーンズをはきはじめた。そのとき、毛布の端から小さな布の切れ端がのぞいていることに気がついた。かがんでそれを手にとったとき、彼は思わず笑みを浮かべた。「ねえ、ホリー？」

「なに？」

ローマンは、手にしたものを頭の上で振ってみせた。「なにか忘れていないかい？」

ホリーは顔をあげた。パンティがローマンの指にぶらさがっている。

「まあ、わたしったら！」ホリーはパンティをローマンの手から奪いとると、ジーンズを脱ぎはじめた。「またいちばん下から着なおさなきゃ」

「どうしても服を着たいかい？」ローマンはそう言うと、自分のジーンズのジッパーを引きおろした。

「本気なの？」ホリーは目を丸くして尋ねた。ローマンとまたひとつになりたいという思いがこみあげてくる。

「きみはどう思う？」

ホリーの声は欲望にくぐもっていた。「あなたはスーパーマンなの？」

ローマンは首を振り、笑みを浮かべた。「違うよ。ただの男さ」それも恋している男だ。しかし彼はそれを口にしなかった。愛していることを伝える方法は、ひとつだけではない。

ローマンがビリーの部屋に来たことを知り、ゴードンは激怒していた。「どうしてあいつと話をしたりしたんだ？」

ビリーはにらみかえした。「兄さんが自然にふるまえって言ったんじゃないか。訪ねてきたのを無視して追いかえせばよかったのか？」

ゴードンは枕《まくら》をつかんで部屋の反対側にほうり投げた。その顔は、いらだちと怒りで真っ赤だった。

「お願いだ、ここを出ていこう。ぼくたちにはそれなりの金がある。もっと増やすことだってできるじゃないか。刑務所に入れられさえしなければな」

ゴードンはベッドまで歩み寄り、弟の顔に指をつきつけた。「おまえがおれの金をなくさなければ、金を増やす必要なんてなかったんだ」

「兄さんは彼女を殺すつもりなんだろう」

ゴードンは両腕を振りあげた。「おまえはいったいなにを考えているんだ？　お別れのプレゼントに、あいつにあの金をくれてやろうっていうのか？」

ドアの外から誰かの話し声が聞こえ、ゴードンは声を落とした。

「彼女を助けたくてパラシュートをつけて飛びおりさせた。そこまではまだ理解できる。だが、いったいどうして金まであいつにやってしまったんだ？　教えてくれよ。どうしてあんなことをした？」

ビリーはひるまなかった。「兄さんはあの金のために殺しまでした。ぼくはあんな金にはいっさいかかわりたくない。とにかく、ぼくがここから出ていくのに手を貸してくれ。兄さんはそのあとで自分の望みどおりにすればいい」

「ぼくの望みは復讐《ふくしゅう》だ」ゴードンは吐き捨てるように言った。「あの女はおれの金を持っている。ジャスティスもからんでいるにちがいない。人を使ってキャビンとあいつの家を調べさせた。今回は無駄骨だったが、ほかにも手はあるさ」

ビルは青ざめた。「たとえばどんな?」

「万事うまくことが運んだら、教えてやるよ」

「なんてこった、理性をなくしちまったのか?」

「いいや。おれがなくしたのは百万ドルだけだ」ゴードンはそう言うと部屋から出ていった。

ビリーは目を閉じた。「間違っているよ、ゴードン。あんたは弟もなくしてしまったんだ」

ローマンが携帯電話をとってドアに向かったのは、まだ夜が明けたばかりのころだった。テニスコートを見晴らす中庭で電話をかけるつもりだ。誰にも話を聞かれないように。

ローマンは途中でベッドルームをのぞいて、ホリーがまだ眠っていることをたしかめた。ベッドに忍びこんで、キスをして目覚めさせたい。しかし、今はそうしている時間はなかった。

屋敷内では使用人たちが起きて仕事を始めていたが、誰も通り過ぎるローマンには注意を払わなかった。彼は中庭に出ると深呼吸して目を閉じ、乾燥した朝の空気を吸いこんだ。

この時期、テキサスの空気は湿気を帯び、咲き誇った花々の香りで満たされる。ここも美しい土地だが、ローマンはテキサスで生まれ育った人間であり、テキサスこそが心からくつろげる場所だった。

ホリーはいつの日か一緒にテキサスに来てくれるだろうか? それともぼくは、彼女を残してここを去ることになるのだろうか?

ローマンは重い気分を振り払った。ホリーの安全をたしかなものにするまでは、将来のことなど考えるのはよそう。そのためには、兄たちの協力がぜひとも必要だった。

ローマンは、屋敷のほうに目をやってから電話をかけた。

ライダー・ジャスティスが、二度めの呼びだし音で答えた。

ローマンは緊張をといた。「ライダー、ぼくだ、ローマンだ。頼みがあるんだ」

「言ってくれ」ライダーはためらうことなく即座に答えた。昨年ローマンが、誘拐されたケイシーの命を助けるために協力してくれたことを考えれば、どんなことでも引き受けるつもりだった。

「明日ロイヤルの牧場まで飛べるかい?」

「フライトスケジュールの調整が必要だが大丈夫だ。なにかあったのか?」

「大事なことじゃなければ頼まないよ」

「そんなことはわかっている」ライダーが言った。

「それで、ぼくにしてほしいことは?」

「牧場まで飛行機を飛ばして、ロイヤルをぼくが今いるラスベガスまで連れてきてほしいんだ」

ライダーはにやりと笑った。「ラスベガスだって? そんなところでなにをしているんだ?」

「ホリーという名前の女性を守っている」

「ホリー? 背が高くて、脚の長いブロンドか?」

「違う。小柄なブルネットだ」

ライダーはくすくす笑った。「そいつは残念だな。おまえの好みじゃないわけか」

「いや、そうとは言い切れないな」

予期せぬローマンの言葉に、ライダーは笑うのをやめた。「彼女の名前は、なんだって?」

「ホリー・ベントンだ。ぼくは彼女をデイジーと呼んでいたが」

「ホリーがデイジー? ややこしいな」

ローマンは電話を持ちかえて歩きはじめた。「ライダー、頼むから話を聞いてくれ」

ライダーはくすくす笑った。「いいとも。だがな、どうしておまえがロイヤルに会う必要があるんだ？　理由は教えてもらえないのか？」

「ぼくに必要なのはロイヤルではなくて、ロイヤルが持ってきてくれるものなんだ」

「それはなんだ？」

「ダッフルバッグだ」

「ダッフルバッグ？　そっちで買えばいいじゃないか」

「同じものはないんだ」ローマンはうめいた。「まったく、黙って人の話を聞けないのか」

弟が真剣なことに気づいて、ライダーもまじめに答えた。「悪かった。続けてくれ」

「ロイヤルとラスベガスに着いたら、一緒にそのダッフルバッグをラホイヤ・アベニューのベントン邸まで持ってきてほしい。なかに入れるように、門番には連絡をとっておくから」

「わかった。それでバッグの中身はなんなんだ？」

「百万ドルだ」

ライダーは深呼吸するとつばをのみこんだ。「それ以上詳しいことはきかないことにしよう」

「それがいい。明日の正午ごろに会おう」

「了解。ぼくらのいないあいだマディの面倒を見てもらえるように、ケイシーに頼んでおくよ」ライダーはそう言って電話を切った。

ローマンはほっとため息をついた。まずひとつ片づいた。東に目を向けて、夜明けの空を見つめた。雲ひとつない空がピンクと黄金色に染まりはじめている。彼は腕時計を見やった。牧場は七時すぎだ。この時間ならロイヤルはまだ家にいるだろう。

「もしもし」

予想どおり、ロイヤルが出た。

「ロイヤル、ぼくだ、ローマンだ」

「どこにいるんだ？　キャビンが荒らされた件で電話をくれるのを待ってたんだぞ」

「エリザベスから連絡は行ってないのか?」

ロイヤルは、マディがシリアルとミルクの入ったボウルをテーブルのわきに押しやる寸前に、それをつかんだ。「ああ、電話はもらった。マディ、座っていなさい!」

ローマンはにやりと笑った。いつもながら、マディとの生活は退屈とはほど遠いらしい。「マディによろしくと伝えてくれ」

「この子が食べおわるまではだめだ。食事どころじゃなくなってしまう」

ローマンは笑った。「実は頼みがあるんだ」

「どんなことだ?」

「何年か前に、ぼくのオフィスの金庫の暗証番号を教えただろう」

「ああ」

「まだあの番号のメモを持っているか?」

「どこかにあるはずだが。どうしてだ?」

「ペンと紙を用意してくれ。もう一度言うから」

ロイヤルはローマンが言った番号を書きとめた。

「オーケー、ひかえたよ。それで?」

「ぼくのオフィスに行ってほしいんだ。建物は、テキサス・セキュリティーズの警備員が監視しているはずだが、前もって連絡して、兄さんは入れるようにしておく。金庫のなかにダッフルバッグがある。それを牧場に持ち帰ってほしい。明日の朝ライダーが飛行機で迎えに行くから、ラスベガスまでそのバッグを持ってきてほしいんだ」

「ラスベガスだって? ぼくは父親なんだぞ。好き勝手にぶらっと出かけるわけには――」

「ライダーと一緒にケイシーがそっちに行く。兄さんが戻るまで彼女がマディの世話をしてくれるよ」

ロイヤルはため息をついた。「わかった。ぼくはバッグをとってくればいいんだな。それをラスベガスまで持っていく。それから?」

「ライダーがそっちに着いたら説明する。それまでバッグは、マディが見つけないような場所に隠しておいてくれ」

「いったい中身はなんだ？」

「百万ドルだ」

ロイヤルは思わず悪態をついてしまい、あわてて娘に背中を向けた。「そいつは合法的な金か？」

ローマンはにやりと笑った。「よくわからない。兄さんがここに着いてからたしかめるよ」

「けっこうなことだ」ロイヤルがぼやいた。

「やってくれるかい？」

ロイヤルはため息をついた。「ああ、もちろんだ。電話する前からわかっていただろうが」

「ありがとう。それじゃあ、明日の昼に会おう」

屋敷まで戻るあいだ、ローマンは配りおえた手札をどのように使うかについて考えつづけた。もしホリーがぼくが思っているとおりの女性なら、立派に役目を果たしてくれるだろう。そうなれば、この屋敷に渦巻く秘密と嘘は消えるのだ。


昼食のすぐあと、タクシーが屋敷の正面玄関にとまった。車椅子に乗ったビリーは、窓からその様子を眺めていた。看護師が髪を整えながら、バスルームから飛びだしてきた。「タクシーが来ました」

「誰が乗るの？」ホリーが尋ねた。

ビリーはホリーがそばにいたことにはじめて気づき、振り向いてため息をついた。誰にも知られずに出ていくつもりだったが、最後に彼女に会えてうれしい気持ちもあった。ホリーへの思いは、永遠に胸のなかに秘めておくつもりだ。

「ぼくだ」ビリーはホリーが着ている白いドレスを目に焼きつけた。「診察の予約があるからね」

ホリーは眉をひそめた。「お医者さまに往診してもらえばいいのに。出かけて大丈夫なの？」

ビリーは笑顔をとりつくろった。まったくホリーらしい。いつも他人のことを気づかっている。「ああ、大丈夫。これは避けられないことなんだ」

ホリーには、今の言葉がゴードンとの決別を意味していることなど知るよしもなかった。

「そう、じゃあ気をつけて。早く同じテーブルで一緒に食事ができるようになるといいわね」

ビリーは穏やかな表情でホリーをもう一度だけ見つめた。「ありがとう、ホリー・ベントン」

ホリーはほほえんだ。「どうしてお礼を言うの？　わたしはなにもしていないのに」

「いや、してくれたよ」ビリーはやさしく言った。「いつか思いだすだろう。でも今は、きみはぼくにいつも親切だったとだけ言っておくよ。ぼくは決して忘れない」

ホリーは笑った。「ビリーったら、病院に行くだけで月に行くわけじゃないのよ。またあとでね」

ホリーは、走り去るタクシーに手を振って見送った。そして数時間後にゴードンが図書室に飛びこんでくるまで、ビリーが出かけたことはすっかり忘れていた。

「いったいビリーをどうしたんだ？」ゴードンが叫んだ。

ホリーの隣に座っていたローマンが立ちあがり、ゴードンの前に立ちはだかった。「落ち着けよ」

「すまない。だが、ビリーが部屋にいないんだ」ゴードンは不安げな表情で言った。

「ああ、ビリーなら看護師と一緒に病院へ診察を受けに行ったわ」ホリーは時計に目をやった。「まあ、もうこんな時間？　気がつかなかったわ。きっと診察が遅れているのね」

ゴードンは青ざめた。ベントン邸に移ってからは、診察を受けるように紹介されていた医師と連絡すらとっていないのだ。ビリーが自分で病院に連絡して予約をとることなどありえない。あいつは自分から物ごとを仕切るタイプではないのだから。

ゴードンはポケットに両手をつっこんでからまた出し、不注意にも床に小銭をばらまいてしまった。彼はあわててひざまずき、硬貨をかき集めた。

ローマンは不審に思った。兄として心配しているにしては不自然すぎる。いったいどうしてだ？　帰りが遅いからか？　いや、そうではあるまい。

「病院に電話をかけてみたら？」ホリーが言った。

「そうだな」ゴードンは立ちあがり、ポケットに硬貨をつっこむと部屋から飛びだしていった。

ホリーは眉をひそめた。「なんだか変ね」

ローマンは廊下に出て、ゴードンの行動をたしかめた。しばらくしてタクシーが到着し、ゴードンが乗りこむのが見えた。やはりなにかが起きている。私立探偵として、彼はその答えを見つけだす最善の方法を知っていた。自分の目でたしかめるのだ。

「ホリー、ドライブに行くよ」

「それなら着替えないと」

ローマンはホリーの手をつかんだ。「そんな時間はない」

ホリーは理由を尋ねて時間を無駄にしたりはしなかった。ローマンの様子を見て、黙って従った。ふたりは大急ぎで彼女の車で通りに出て、ゴードンが乗った黄色いタクシーのあとを追った。

「どうしたの？」車が走りだすとホリーはきいた。

「わからない」ローマンは答えた。「だがゴードンはなんらかの理由でパニックに陥っている。おそらくビリーのことが関係しているはずだ」

ホリーはうなずき、車が角を曲がってタイヤが悲鳴をあげるとシートベルトを締めた。

ゴードンは怒りと恐怖のはざまで揺れていた。ビリーはきっとどこかの病院にいるのだ、と思おうとしたが、本能がそうではないと告げていた。

タクシーはバスターミナルの前でとまった。運転手に待つように告げると、ゴードンはなかに飛びこみ、弟の姿があることを祈りながらチケットカウンターに並ぶ者たちの顔を見つめた。いない。カウンターでたしかめてみたが、マロリーという名前で今日チケットを買った者もいなかった。

落ち着くんだ、とゴードンは自分に言い聞かせた。もしかしたら、ビリーが出ていったと思ったのはぼくの早とちりで、今ごろは屋敷に戻っているかもしれないじゃないか。彼は公衆電話のほうに向かった。

メイドが電話に出ると、ゴードンは単刀直入に質問した。「ゴードン・マロリーだ。弟は病院から戻ってきたかい？」

「少々お待ちください」

ゴードンは、いらだたしげに悪態をついた。

「ミスター・マロリー？」

さきほどのメイドとは違う声が聞こえてきた。

「もしもし？　きみは誰だ？」

「弟さんの看護師です」

ゴードンの体から安堵《あんど》のあまり力が抜けた。よかった。やはり屋敷に戻っていたのか。

「いや、別に急用じゃないんだ」ゴードンは早口で言った。「帰りが少し遅くなるので、あいつの様子を聞いておこうと思って」

「あら、ご存じなかったんですか！　弟さんはここを出ていかれましたよ。わたしは自分の荷物をまとめに戻っただけです」

ゴードンの顔から血の気が引いた。彼は必死に平静な口調を保とうとした。

「出ていった？　どこへ行くか話していたかい？」

「いいえ。まだ体調も万全ではないのでわたしも心配だったのですが、弟さんがどうしても、と言い張られたもので。それに、あなたもこの旅行のことはご存じだとおっしゃっていましたし」

ゴードンはなんとか笑ってみせた。「もちろん知っていたよ。ただ、弟にはもう少し先のほうがいいと言っておいたのにな。ビリーはあのとおり、我慢ができないやつだからね」

「行かせてしまってよかったんでしょうか？」

「ああ、あいつが旅行中も助けを受けられるように、きちんと手配しているといいんだが」

「それは大丈夫です。立ち寄り先ごとに車椅子とつきそい人を頼んでいらっしゃるのが聞こえました」

「それはよかった」ゴードンは、それからふと思いついたようなふりをして尋ねた。「ところで、あいつはどの便に乗ったんだ？」

「それは存じません」

「だが、きみは空港まであいつにつきそったんじゃないのか？」

「いいえ。お屋敷を出たあと旅行会社まではご一緒したんですが、弟さんはご自分ですべての手配をなさいましたから……あの、ミスター・ベントンがここにいらっしゃいますが、お話しされますか？」

ゴードンはパニック状態になった。デイビス・ベントンに、ビリーが黙って出ていってしまったことを知られるのはまずい。

「いや、いい」ゴードンは素早く答えた。「ただ、夕食はぼくを待たなくていいから、と伝えてくれ」

「わかりました。あなたの弟さんのお世話ができて光栄でした。弟さんはとても親切な方でしたわ」

「ありがとう」ゴードンは、電話を切ったあとも呆《ぼう》然《ぜん》とその場に立ちつくしていた。

ゴードンはがくりと肩を落とした。看護師の言ったとおりだ。ビリーはおれが住んでいる世界で暮らすには、あまりにも繊細すぎる。ひとりきりになった喪失感に襲われながらも、ゴードンはこれでいいのだと思った。ビリーはなんとか逃げおおせるだろう。

半ブロック離れた位置にとめた車のなかから、ローマンはゴードンがバスターミナルから出てタクシーに乗るのを見つめていた。

「ゴードンはあそこでなにをしていたのかしら?」ホリーが尋ねた。

「あいつに考える頭があるなら、街を出るためのチケットを買っていたんだろう」ローマンがつぶやく。

ホリーは驚いた顔になった。「わたしが記憶をとりもどす前に出ていくの? じゃあわたしが永遠に思いだせなかったら、あれがどういうお金かわからないままになってしまうわ」

ローマンはタクシーが自分たちの前を通りすぎるのを待ってから車を発進させた。

「ぼくが間違っていなければ、彼は金をとりもどすまではどこにも行かないはずだ」ローマンはつけ加えた。「いずれにせよ、前にも言ったようにぼくには考えがある。明日の今ごろまでに、すべては終わっているよ」

ホリーはため息をついた。「あなたが正しいことを願っているわ」

「そろそろ、ぼくがいつも正しいことに気づいてもいいころだよ」

「それを認めたら、なにかもらえるのかしら?」

ローマンはにやりと笑った。「運がよければ、七十五年分の波瀾万丈《はらんばんじょう》な人生が手に入るよ」

ホリーは笑い声をあげた。「わたしに猫並みの生命力があることを願うわ」

「どうして猫なんだい?」ローマンは尋ねた。

「猫は九つの命を持っていると言われているのよ。わたしはもう自分の命をふたつ使い切ってしまったもの。そんなに長いあいだあなたと一緒にいるなら、命がいくつあっても足りないわ」

前方のタクシーが赤信号でとまった。ローマンもブレーキを踏み、ホリーの手をとった。そして、てのひらを上に向けて、唇で生命線をなぞった。彼女の記憶が戻ったとしてもふたりの関係は変わらないはずだ、と自分に言い聞かせながら。信号が青に変わると、ローマンは意識をゴードン・マロリーに集中しなおしてアクセルを踏んだ。

ホリーは座席に背をもたせかけ、ふたりの未来への不安をローマンにゆだねることにした。まずはこの混乱に決着がつくのを待とう。ある朝起きたとき、今の自分とは——恋におちたデイジーとは別の自分になっていたら、と思うと怖くてたまらない。でも、もう一度ホリーを目覚めさせ、ローマンのことを忘れさせるなんて、そんな残酷なことを神さまがなさるはずはない。

16

その夜、ゴードンは眠れず、ローマンは眠らなかった。ベントンの屋敷に来てからはじめて、ローマンはホリーのベッドルームで彼女が眠りにつくのを見守り、そのまま部屋に残った。ゴードンがなにをするか不安だったからだ。捨て鉢な者は捨て鉢な行動をとるものだ。百万ドルがかかっているとなれば、どんなことが起きても不思議はない。

翌日の朝食は、ぎこちない雰囲気だった。デイビスは何度か話題を提供したが、会話ははずまない。ゴードンはそわそわしているし、ビリーは急に屋敷から出ていったらしい。ローマンは食事よりもゴードンの様子を観察するのに熱心な様子だし、ホリーはいつもより神経質になっているようだ。彼女はスプーンとフォークを落とし、その時点で食べるのをあきらめてしまった。デイビスはため息をついてコーヒーカップを置いた。

「いったいなにが起きているのか、知りたいんだが」

ホリーのカップがソーサーにあたってかちりと音をたてた。ゴードンの心臓はどきりと鳴った。ローマンだけが平然と、トーストに手をのばした。

「どういう意味？」ホリーが口を開いた。

「ここはわたしの家だ」デイビスは娘をにらみつけた。「ホリー、わたしの目はごまかせないぞ。おまえは、わたしの忍耐力を試そうというのか」

ホリーのなかに、すべてを話してしまいたいという衝動がこみあげてきたが、今はまだそのときではない、と自分に言い聞かせた。

そのとき、ゴードンが口ごもりながら話しはじめた。「ご心配をおかけして本当にすみません。ただ、弟のことが気になって」彼はデイビスにこわばった笑みを向け、ほとんど息もつかずに話しつづけた。「ぼくらは、近いうちにここを出ていこうと話していました。しかし昨日、ビリーがひとりで先に出ていってしまったんです。これ以上、あなたのご厚意に甘えるのは申し訳ないと思ったんでしょう。もちろんぼくも遠からず失礼するつもりですが、片づけなければならないことがいくつかありまして」

デイビスは椅子に背をもたせかけた。なぜゴードンはこんなに神経質になっているのだろう。ローマン・ジャスティスが現れたせいで、怒るというのならわかる。しかし狼狽《ろうばい》するのはおかしい。「わかった。それで、ビリーはどこに行ったんだね？」

ゴードンは青ざめた。「ああ、それはその……いろいろ行く場所がありまして……」

メイドが部屋に入ってきて、ゴードンは救われた。「失礼いたします。ミスター・ジャスティスに緊急のお電話が入っておりますが」

ローマンは立ちあがった。「失礼します」

ゴードンは、デイビスの鋭い追及からのがれるチャンスとばかりに立ちあがった。「ぼくも失礼させていただきます。いくつか電話をかけなければならないもので。部屋のほうにおりますから」

ホリーはローマンとゴードンが出ていくのを見送ってから、デイビスのほうに身を乗りだした。父には真相を知る権利がある。「お父さんをごまかせないことはわかっているわ。でもなにが起きているか、わたしにもはっきりとはわかっていないの。ただ言えるのは、ローマンが今日のうちにはすべて終わると約束してくれた、ってこと。わたしは彼を信じているわ。お父さんもわたしのことを信じてくれる?」

デイビスは緊張をとこうとした。「とにかく、この状態は気に入らんな」

ホリーは父親の手を握った。「わたしの気持を考えてもらえないかしら。気に入らないどころか、わたしは死ぬほど怖いのよ」

「怖いだって? おまえはここでは安全だ。なにも怖がる理由はないじゃないか」

ホリーは首を振った。「いいえ、それは違うわ。ローマンとわたしは、墜落事故に関係したなにかがあるはずだと思っているの」

「理解できないな」デイビスは言った。

「わたしもよ」それからホリーも立ちあがった。「昼食には必ず家にいるようにしてね、お願いよ」

デイビスは眉をひそめた。「おまえの言葉を信じるなら、とてもこの家から外に出る気にはなれないよ。なにが起きているかわかるまでは、おまえの身の安全を他人にゆだねるつもりはない」

「わかっているわ。でももし必要なときにはローマン・ジャスティスを信用して命を託せるということも覚えていてね。信じて、お父さん。わたしは知っているの」

その言葉をどう判断するかは父親にゆだねて、ホリーは歩み去った。

ゴードンは、部屋に入ったとたんにベッドに座りこんでふるえはじめた。これまでは、ホリー・ベントンのそばにはりついていれば、あの金をとりもどすことができると確信していた。だが今になってようやく、すぐにここを出ていくべきだと悟った。彼女の記憶は思ったよりも早く戻ってきている。

座っているうちに、ゴードンは冷静さをとりもどしはじめた。ローマン・ジャスティスが現れなければ、すべてはうまくいっていたはずだ。ベントンの信頼を勝ちえて、ホリーも百万ドルも手に入れることができたはずだったのに。

ゴードンは立ちあがった。数日前、彼はクローゼットのなかに小さな旅行用のバッグがあることに気づいた。所持品はたいしてないし、必要なものは買えばいいのだ。少なくとも銀行には一万ドルがある。新しいスタートを切るには充分な額だ。

それからふとあることに気づいた。ビリー！　あいつはどうして飛行機のチケットを買えたんだ？　あいつが持っていた金は、墜落事故の際にすべてなくしてしまったのに。

「まさか……違うと言ってくれ」ゴードンはつぶやきながら電話に手をのばした。

数分後、ゴードンは怒りにまかせて受話器をたたきつけた。たった今聞かされたことが信じられなかった。口座の名義が連名だったにせよ、あいつにおれをこんなふうに出しぬく才覚があるなんて誰が信じられる？　ゴードンが持っているつもりだった一万ドルは、五千ドルに変わっていた。ビリーが半分を持って逃げたのだ。

ゴードンはクローゼットからバッグをつかみだすとベッドの上に投げ、引きだしのなかの衣類をぶちまけてバッグにつめこみはじめた。そのとき、なにかかたいものがバッグにあたって音をたてた。

衣類をかき分けると、プラスチックの箱が出てきた。なかは自白剤が入った注射器だ。あの夜、ホリーにこれを使えればよかったのだが。彼女の頭は真っ白になって、翌朝にはなにも覚えていなかっただろう。

ゴードンは箱をバッグのわきに置いて荷づくりを続けた。しかし、目は自然とその箱に向いてしまう。荷づくりが終わるころには、彼はもう一度試してみようと心を決めていた。ここを出ていくのは今すぐではなく、明日にしよう。最後のチャンスに賭《か》けてみるのだ。銀行の金が半分になってしまった以上、やはりあの百万ドルはどうしても必要だ。

ゴードンは箱を服の上に置いてからバッグのジッパーを閉めた。そして腕時計に目をやった。まだ午前十時をまわったばかりだ。銀行に行って口座を解約しても、昼食までにはここに戻れるだろう。ここを出ていくという計画は、まだ誰にも秘密にしておかなくては。そのためには、なにごとも普段どおりにしておいたほうがいい。

ゴードンはタクシーを呼び、ホリーとデイビスに、銀行に行ってくるが昼食までには戻る、と告げた。ローマンの姿が見えないことなど気にもとめなかった。自分の作戦は完璧《かんぺき》だと思いこんでいたのだ。

ローマンはホリーの手を握りながら階段をおりた。

「きみのお父さんはどこに行った?」

「知らないわ。さっきは図書室にいたけど」ホリーはため息をついた。「お父さんに本当のことを隠しているのがとてもつらいわ」

「わかっているよ。でも、それもあと少しの辛抱だ。今朝ぼくにかかってきた電話は兄のロイヤルからだった。ライダーと一緒にこっちに向かっているそうだ。十一時ごろには着くはずだよ」

「それからどうなるの？」

「ふたりが到着したら、きみはぼくの指示に従ってくれるだけでいい」

ホリーはあたりを見まわし、誰もいないのをたしかめた。「ふたりはあのお金を持ってくるの？」

ローマンはうなずいた。「派手な登場の仕方をすることになるだろうな。ぼくがきみにしてほしいのは、こういうことなんだ――」

ホリーの目は、ローマンが計画を話すにつれて大きく見開かれていった。

「きみにできると思うかい？」ローマンは尋ねた。

ホリーはうなずいた。「この悪夢を消し去れるなら、どんなことでもするわ」

ローマンは彼女に腕をまわして抱きしめた。「それでこそぼくの恋人だ」

ホリーがなにか言うより先に、ローマンは彼女の唇を唇でふさいでいた。そして熱いキスでいっときすべてを忘れさせた。

ローマンは唇を離して言った。「ぼくを信じてくれ、ホリー。きみの身は絶対に守る」

ホリーはローマンの胸にふるえる手を置いた。「信じるわ。でも、そろそろあなたもわたしのことを信じてくれていい時期よ。わたしには、たしかにわかっていることがひとつあるわ。それは、これから先の人生を一日たりともあなたなしで過ごしたくない、ってこと」

そのホリーの表情がローマンの自制心を粉々にした。彼はホリーの手を引いて階段を下までおり、壁に体を押しつけた。

「ローマン、誰かに見られるわ」

「かまわないさ」ローマンはそうささやいて彼女を抱きあげた。「きみが欲しい。今ここで」

ホリーは、腕をローマンの首にまわしてしがみついた。「それならあなたの希望どおりにして、ローマン・ジャスティス。わたしにはそれを拒むことなんてできないわ」

ローマンの唇からかすかなうめき声がもれた。そのままキスに溺《おぼ》れていると、廊下からなにかが砕けるような音と、あわてたような叫び声が聞こえてきた。彼は仕方なくホリーをそっと床におろした。

「なにかが壊れたみたいだ」ローマンは指でホリーの唇の端をなぞりながら言った。「壊れたのがぼくの心じゃない限りは、少しもかまわないけれどね」

ホリーはローマンの手をとり、そのてのひらにキスをした。「もしそんなことがあるとしても、わたしのせいということはありえないわ」

「それならぼくの心は安全だ」ローマンは言った。「そんなことができるのは、きみだけだからね。さあ、お父さんを捜しに行こう。これからなにが起きるかを説明する必要がある」

「それじゃあ、父に話すつもりなの?」

「これはぼくが決めることではなくて、きみの問題だ。話したいかい?」

ホリーは一瞬考えてから、うなずいた。「話すべきときが来たと思うわ」

「ならば話そう」

ふたりが図書室に入っていくと、デイビス・ベントンが窓辺に立って敷地を眺めていた。彼の肩はがっくりと落ち、顔には重苦しい表情が浮かんでいる。

「お父さん」

デイビスは振り向いた。「どこにいるのだろうと思っていたよ」彼は、娘と手をつないでいることにはふれずにローマンを見つめた。「座ってくれ」

「ぼくは立っています」ローマンはそう答え、ホリーだけが座った。

「まだ秘密があるのかね?」デイビスが尋ねた。

ホリーは父親の声に絶望を聞きとった。「ローマンに怒らないで、お父さん。彼はわたしが頼んだことをしてくれただけなの」

デイビスは近くの椅子にどすんと腰かけた。「わたしが感じているのは、怒りじゃない」

ホリーは身を乗りだした。「お願いだから最後まで聞いて。もうあまり時間がないの。これはとても大切なことなのよ」

「どういう意味だ、時間がないというのは?」

ローマンが口をはさんだ。「ホリー、ぼくに説明させてくれ」

ホリーは、自分自身が理解し切れていないことを彼が説明してくれることにほっとしてうなずいた。

「話してくれ」デイビスが言った。

ローマンはうなずいた。「ぼくはここに到着した日からずっと、ゴードンのことを調べていました」

デイビスは背筋をのばした。「なんのために?」

「ぼくらは、彼とホリーが駆け落ちしたとは信じていなかったからです」

「それならどうして娘は飛行機に乗っていたんだ? 離陸する数時間前にこの子から、ゴードンと出かける、という電話があったんだぞ」

〝ここで待っていて。すぐに戻るわ〟

ホリーははっとした。自分がタクシーからおりて、飛行機に向かって滑走路を歩いている姿が見える。

「気が変わったの」

ローマンとデイビスが驚いたようにホリーを見た。

「なにを思いだしたんだ?」ローマンは尋ねた。

「わたしはタクシーの運転手に、すぐ戻るから待っていてほしいと頼んだの。ああ、ローマン、わたしは行くつもりはなかったのよ! なのにどうしてわたしは飛行機に乗ったのかしら？」

ローマンは首を振った。「わからない。だが、きみが乗ったのはたしかだ。理由はいずれわかるよ」

ホリーは椅子にぐったりと身を預けた。「いったいどうしてなの？」

ローマンはホリーの肩に軽くふれた。「気を楽にするんだ、ホリー。ぼくらはずっときみのそばにいるから」

デイビスが身を乗りだした。「彼の言うとおりだ。なにが起きているにせよ、おまえはひとりきりじゃない」それから彼はローマンを見あげた。「それで、どうしてゴードンのことを調べる必要があったんだ？」

「話して」ホリーが言った。「やはりお父さんには最初から話しておくべきだった」

デイビスがいらだたしげな声をあげた。「いいかげんにしてくれ！　いったいどういうことだ？」

「ホリーは飛行機から落ちたときに、金がつまったダッフルバッグを一緒に持っていたんです」

デイビスは思わず腰を浮かせた。「なんだって……？」

「本当なの。わたしがやっとのことでパラシュートをはずして地面におりたとき、木の下にバッグがあったの。それに、誰かがそれをわたしの首にかけて、飛びおりろって言った記憶もあるのよ」

「その金は間違いなくゴードンのものだろう。どうして彼に教えて――」

「怖かったの」

「怖かった？　どうして？」それからデイビスはあることに思いあたり、ローマンを見た。「その金というのは、どのくらいあったんだ？」

「ほぼ百万ドルでした」

「なんだって？」

「もしもまっとうな金なら、ゴードンはそれを失ったことを大声で嘆いているはずだとは思いませんか？」

デイビスはふるえる手で顔をぬぐった。「あの兄弟は、わたしが招待してずっとこの屋敷にいたんだ。もしなにかあやしいところがあると疑っていたのなら、どうして今まで話してくれなかった？」

ホリーは手をのばした。次の言葉を口にするには、父にふれている必要があった。

「最初は誰を信じたらいいのかわからなかったから。あなたのこともよ、お父さん。自分自身さえも」

「なんだって？」

ローマンが口をはさんだ。「ぼくらが最初に会ったとき、彼女は自分が犯罪をおかしてその金を手に入れたものと信じこんでいました。その可能性が消えたのは、彼女の身元が判明したからです。デイビス・ベントンの娘には、金を盗む理由はありませんからね」

「でも、どうして犯人がゴードンだとわかる？　パイロットかもしれないじゃないか。あるいは弟のビリーかもしれん！　そうだ、逃げだしたのはゴードンではなくあいつのほうじゃないか」

ローマンは首を振った。「たしかな説明はできないのですが、それは違うように思います。ぼくは、ビリーはなんらかの形で共犯だったものの、途中で弱気になったんじゃないかと推測しています」

デイビスはうなずいた。「だが彼らが犯罪にからんでいるというのは推測の域を出ない。なにか具体的な証拠はあるのかね？」

「調査の結果、ゴードンはネバダ州に限らず、不動産業の資格を持ってはいませんでした。そして彼とビリーがナッソーに向かう直前に、アパートメントを引き払っています。つまり彼らは、ラスベガスに帰ってくるつもりはなかったんです」

デイビスはうめきながら言った。「なんということだ。それで、これからどうするつもりなんだ？」

「ぼくに計画があります」ローマンは言った。「協力していただけますか？」

「もちろんだ。ホリーの身の安全が約束されるなら、どんなことでもする」

「わかりました。あなたにしていただきたいことを説明します」

デイビスは耳を傾け、説明が終わるとローマンをあらたな敬意のこもった目で見つめた。「驚いたな、もしこれがうまくいけば、きみは天才だ」

ローマンは首を振った。「ゴードン・マロリーを罠《わな》にかけるのはぼくじゃありません。それは彼の罪の意識です」

「彼は今どこにいる？」デイビスが尋ねた。

「自分の部屋にいます」ローマンは答えた。「ゴードンがここを出ていこうともくろんでいることは間違いありません。一時間ほど前に彼が外出したとき、あとをつけました。彼は銀行口座を解約して、五千ドルほどの預金を持ち帰りました。おそらく、逃走資金でしょう」

ふいにホリーが唇に指をあて、黙るように合図をした。三人は耳を澄ませた。階段をおりてくる足音が聞こえる。彼らはお互いに目くばせをして、デイビスがまるで誰かがジョークを口にしたところのように笑い声をあげた。

ゴードンが笑みを浮かべて図書室に入ってきた。「おもしろい話を聞きのがしたみたいですね」

ローマンは首を振った。「いいや、まだ始まってさえいないよ」

ゴードンがなにか答える前に、デイビスが立ちあがった。「ちょうどいいところに来たな。これから昼食にしようと話していたところだ」彼はホリーの腕をとってウインクした。「コースの最初は、ホリーの好物の小海老《こえび》のサラダだよ」

ロイヤルは屋敷の門の前に車を乗りつけ、窓をおろしてインターホンの小さな黒いボタンを押した。すぐに返事が聞こえてきた。

「はい?」

「ロイヤル・ジャスティスとライダー・ジャスティスだ。デイビス・ベントンに会いに来た」

「少々お待ちください」

ロイヤルはライダーを振り向いて首を振った。「こんな鉄格子のなかに閉じこめられているなんて、ろくでもない生活だ」

ライダーはうなずいて敷地を見まわした。妻のケイシーもここと同じような環境で育ってきた――ある種の階層の人間だけが集まる、閉ざされた世界のなかで。裕福な人々も彼らなりに問題を抱えている。そして金があるということは、それにともなって生じる問題に見合うほどの価値はない、というのがライダーの持論だった。

門が開き、ロイヤルは振りかえって、後部座席にバッグがちゃんとあることをたしかめた。「あれを早く始末できれば気が楽になるんだが」

「おいおい」ライダーが言った。「トラブルはまだ始まってすらいないんだぞ。ローマンの推測が正しければ、面倒はぼくらが到着したあと始まるんだ」

ロイヤルの目が険しくなった。「ぼくらが覚えておくべきことはひとつだけ……ローマンから目を離さないということだ」

「わかっているとも」ライダーはジャケットをたたいて、その下に拳銃《けんじゅう》がしっかりとおさまっていることをたしかめた。

車は長く曲がりくねった道を通り、ようやく玄関の前に到着した。

「兄さんはバッグを持ってくれ。ぼくがドアベルを押す」ライダーが言った。「これが長くかからないことを願うよ。飢え死にしそうだ」

昼食のさなかにドアベルが鳴った。ホリーがローマンのほうを見ると、彼はウインクして、そのままなにごともなかったかのようにサラダを口に運んだ。

「誰か来ることになっていたのかね？」デイビスが尋ねた。

ホリーが肩をすくめた。「誰かをここに呼びたくなっても、わたしには誰を呼べばいいのかもわからないわ」

足音が廊下を近づいてくるのが聞こえた。

ゴードンが首をひねった。「おかしいな。とりつぎもされないのにこっちに来る」

みんなが戸口に顔を向けたが、ローマンは椅子に背をもたせかけ、ゴードンの顔に視線をぴったりと合わせていた。

ロイヤルとライダーがそろって部屋に入ってきた。ホリーはふたりがローマンの兄たちだと前もって知っていたにもかかわらず、彼とあまりに似ていることに驚いた。

ふたりとも百八十センチをゆうに超える長身で、豊かな黒髪だ。きちんと折りめのついたリーバイスに、ひとりは白、もうひとりは薄いブルーのウエスタンシャツを着ている。そしてふたりともステットソン帽を深く引きさげていた。ホリーはそれが、考えていることを隠すためだと察した。

「遅かったな」ローマンが立ちあがった。「みなさん、ぼくの兄のロイヤルとライダーです」

「これはようこそ」デイビスはふたりに呼びかけた。

「どうか座ってくれたまえ」

「その前にこのいまいましいバッグを片づけさせてもらいましょう」ロイヤルが言って、バッグをテーブルの真ん中にどんと置いた。

ゴードンは愕然《がくぜん》とした。耳ががんがん鳴りだした。

もしも座っていなかったら、間違いなく卒倒していただろう。

これはおれのバッグだ！　おれの金だ！　いったいどういうことなんだ？

ホリーがふいに立ちあがったので、全員の注意がバッグから彼女に移った。彼女はあたかも邪悪なものを見つめるように、バッグを凝視した。それから目を閉じてうめき、頭を抱えた。

「ホリー！　どうした？」デイビスが叫んだ。

ローマンはホリーの体を支えた。「ホリー、具合が悪いのかい？」彼はいかにも心配そうに尋ねた。

ゴードンが立ちあがろうとしたそのとき、突然ホリーが悲鳴をあげた。ゴードン以外は彼女の演技を予測していたにもかかわらず、あまりにリアルな悲鳴に全員がぎょっとした。

「あなただわ！」ホリーはふるえる指をゴードンに向けた。「あれはあなたよ！」

ゴードンは完全に我を失った。「きみは幻覚を見ているんだ！」

「違う！」ホリーはうめき、テーブルをまわってわき目もふらずゴードンのほうへと向かった。

ローマンはあわてた。これは計画には含まれていない。彼はゴードンが逃げだそうとしたときの用心に、ロイヤルに戸口に立つよう合図した。

ホリーはふるえはじめた。彼女の頭のなかには、恐ろしい記憶が洪水のようにあふれだしていた。

「あなたは彼を殺したのよ」ホリーはつぶやいた。「そしてわたしのことも殺そうとした」

ローマンははっとした。ホリーは演技をしているんじゃない。本当に思いだしたんだ！

「彼女は狂っている」ゴードンはそう言ってあとずさりしはじめた。「きっと頭を打ったせいだ。ぼくは誰も殺していないし、彼女を殺そうとなどしていない。ぼくは彼女を愛していた」彼はローマンを指さした。「この男が現れるまでは、ぼくらは結婚するはずだったんだ」

「嘘《うそ》つき！」ホリーは叫んだ。「あなたはいつも嘘ばかりついていたのに。わたしは人生にあまりにも退屈していたせいで、それに気づかなかった。駆け落ちだなんて嘘よ、あれはただの旅行だったわ。しかもわたしは、やっぱり行かないと言いに飛行場に行ったのよ。一緒に行きたくなかったから」

ロイヤルとライダーは、予期せぬ状況にただ立ちつくしていた。

「飛行機のなかであなたとビリーが言い争っているのが聞こえた」ホリーの目に涙があふれた。「カール・ジュリアンはカジノのもうけをくすねていた。あなたは、彼がお金を隠し持っていたことは誰も知らないのだから、それがなくなっても誰にもわかるはずがない、と言ったわ」

デイビスは自分が耳にしている言葉が信じられなかった。彼は次の料理を持って部屋に入ってきたメイドに、警察を呼ぶよう命令した。メイドは目を丸くして、急いで部屋を出ていった。

「そんな話は嘘だ」ゴードンは必死になって言った。「どうしてぼくが知りもしない男を殺さなきゃならないんだ？」

「あれのためよ！」ホリーはバッグを指さした。「カール・ジュリアンのお金のためだわ」

ローマンはホリーとゴードンのあいだに立ちはだかり、静かに言った。「もう充分だ、ベイビー」

「いいえ！」ホリーはローマンを押しのけようとした。「彼はビリーとの会話を聞かれたのを知って、わたしを飛行機に無理やり乗せたのよ。わたしを空の上からつき落とすって言ったわ」

ゴードンのせいでホリーが耐えなければならなかった苦しみを知って、ローマンは怒りに我を忘れた。彼はゴードンにつかみかかり、壁に押しつけて首に両手をまわした。「この卑怯《ひきょう》者め――」

ロイヤルとライダーがローマンの手を両側からつかんだ。「放せ、ローマン！　警察に任せるんだ」

ホリーが頭を抱えて叫んだ。「お願い、もうやめて！　これ以上人を殺さないで！」

ローマンの怒りを静めたのは、ホリーの悲痛な叫び声だった。彼はゴードンを放し、ホリーのほうを向くと床にくずおれはじめた彼女を抱きかかえた。

「もう大丈夫だ、ホリー。これで解決した。ぼくがついているよ。もう誰もきみを傷つけたりしない」

「ビリーがわたしの命を救ってくれたの」ホリーは言った。「彼がわたしにパラシュートをつけてくれたのよ。そしてあのお金を持たせた。もし彼がいなかったら、わたしは死んでいたわ」

ローマンはホリーを抱き寄せた。「彼ら兄弟のうちのひとりが良心を持っていたことに感謝しよう」

弟の名前を聞いて、ゴードンは怒鳴りだした。

「そうさ！　あいつが怖じ気《おけ》づくまでは完璧だったんだ！」彼はホリーをにらみつけ、前に一歩踏みだしかけたところでライダーの拳銃が自分に向けられていることに気づいた。

「ぼくがおまえだったら、動かないな」ライダーはゆっくりと言った。

ゴードンは拳銃を見つめ、次に視線をテーブルの上に置かれたダッフルバッグに移した。すぐそばにあるのに……あまりにも遠い。

ゴードンはホリーを振り向き、わめきたてた。「ちくしょう、なにもかもおまえのせいだ！　おまえじゃなかったら、ビリーはおれを裏切らなかった」その顔は怒りで真っ赤だった。遠くからパトカーのサイレンが聞こえはじめた。「あいつはおまえにほれてたんだよ。おまえはあいつのことなんか気にもしてなかったのに、あいつは兄のおれを裏切りやがった」

ローマンは厳しい表情でデイビスに言った。「ホリーをここから連れだしてください。もう充分です」それから、ショックのあまり呆然《ぼうぜん》としているホリーの頬を両手で包みこんだ。「きみはすばらしい女性だよ、ホリー・ベントン」

ホリーはローマンの声が聞こえなかったかのように、振りかえりもせずに部屋を出ていった。ローマンはこぶしを握りしめて振り向いた。兄たちが制止するいとまもなく、彼のパンチはゴードン・マロリーの顎を直撃した。

ロイヤルは帽子を脱いで頭の後ろをかき、ライダーは拳銃をホルスターにおさめ、にやりと笑って言った。「おまえの言いたいことはこいつに伝わったようだな。さてと、警察にどう説明をしたものか整理しておこう」

聞こえていたサイレンが屋敷の前でとまった。ローマンは険しい表情を浮かべてドアに向かった。

「警察にはなにも話す必要はない。彼らがこの悪党になにが起きたのか知りたがったら、ぼくはありのままを話すつもりだ。こいつはぼくの恋人を傷つけたんだからな」

信じられない気持で階段をのぼりながら、ホリーは願いがかなったのだと自分に言い聞かせていた。とうとうすべてを思いだした。自分が誰かも、墜落した日から今日までになにが起こったのかも。デイジーは、ホリー・ベントンなら考えもしなかったであろうことをした。デイジーはたった三日間で、ホリー・ベントンが二十七年間かけても達成できなかったことをやってのけたのだ。かけがえのない男性を見つけて、本当の恋におちたのだから。

そう考えながら、ホリーはベッドにもぐりこんだ。

17

最悪の悪夢が現実のものとなったが、ゴードンにはそれをくいとめるすべがなかった。顎は痛み、頭はまだぼうっとしている。

警官が淡々と被疑者の権利を読みあげはじめると、怒りがこみあげてきた。ローマン・ジャスティスの頭に拳銃《けんじゅう》をつきつけて引き金を引いてやりたい。しかしローマンを見るたびに、その冷たい視線に自分のほうが耐えられないことに気づかされてしまうのだった。

「あなたには以下の権利があり……」

ゴードンは叫びだしそうだった。権利だって？ おれには権利などもうなにもない。あるのは牢獄《ろうごく》だけだ。

「以上の権利がわかりましたか？」警官が言った。

ゴードンは最初に警官を、それからローマンをにらみつけた。「ああ、わかった。よくわかったよ」

ローマンの視線は揺らがなかった。またしても、目をそらしたのはゴードンのほうだった。

「彼の調書をとれ」巡査部長が警官のひとりにそう命じ、ローマンのほうを向いた。「先ほども言ったとおり、関係者全員の証言が必要になります」

ローマンはうなずいた。「二時間ほどで署にうかがいます。ただ、ホリーが今すぐ証言に耐えうる状態かどうか、たしかめてからにさせてください」

部長はうなずき、部下を引き連れて出ていった。

部屋のなかは嵐《あらし》のあとのように静かになった。

ローマンは髪をかきあげ、兄たちのほうを向いた。

「来てくれてありがとう」

ロイヤルはにやりとした。「招待してくれて礼を言うよ。絶対に見のがせない一幕だったよ」

ライダーがテーブルに目をやった。「おい、ローマン、おまえはどこに座っていたんだ？」

ローマンは指さしたあと、ライダーがそこの皿から小海老《こえび》をつまんで口にほうりこんだのを見て、にやりと笑った。

「朝食を食べそこねたものでね」ライダーはそう言ってまた手をのばした。

「好きなだけ食べてくれ」ローマンは言った。「ぼくはホリーの様子を見てくる」

ローマンが部屋を出ていくと、ロイヤルとライダーは顔を見あわせて肩をすくめた。

「どうやらまた結婚式がありそうだな」ライダーが言った。

ロイヤルがうなずいた。「ぼくの結婚式でない限りは、なんの異存もないね」

ライダーはまた海老をつまんだ。「あんまりかたくなになるなよ、兄さん。そんな調子で永遠に持ちこたえることなんてできないぜ」

ロイヤルは首を振った。「おまえは決定的に間違っているよ、ライダー。ぼくにはもう、ひとり女性がいる。彼女だけで手いっぱいだ」

ローマンは階段を駆けあがった。ホリーの顔を見て、抱きしめ、大丈夫なのをたしかめなければ。ゴードンを罠《わな》にかけて罪を暴く計画が、彼女の記憶を呼び覚ます引き金になるとは予想だにしていなかった。ホリーのベッドルームに向かいながら、彼の心臓は激しく打っていた。彼女の記憶が戻ったことはうれしい。だが同時に彼は人生最大の恐怖に直面していた。このあとは、いったいどうなるのだろう？

ローマンはドアを一度だけノックしてなかに入った。ホリーは片腕を目にあて、もう片方の手で濡《ぬ》れたタオルをつかんで横になっていた。

デイビスがベッドのそばの椅子に座っていた。彼はローマンを見て立ちあがった。

「ホリーは大丈夫だ。ただ休んでいるだけだよ」デイビスはふいにローマンを抱きしめた。「どう感謝したらいいのかわからない。本当にありがとう、きみはわたしの娘をとりもどしてくれた」

ローマンは首を振った。「ぼくはただ手を貸しただけです。感謝すべきなのは、ホリーにですよ。彼女は二度までも自分を救う勇気を持っていた。彼女がぼくのキャビンを見つけてくれたのは、ぼくにとって幸運でした」

「しかし、もしきみがキャビンにいなかったら、ホリーは今ここにはいなかっただろう」

ローマンはホリーに目をやった。彼女にふれ、話しかけたかったが、彼女が目を開けたときの表情を見るのが怖かった。

デイビスは娘とローマンを交互に見つめた。「これからしなければならないことがたくさんあるな」

「まず医者を呼ぶおつもりですか？」

「ああ」デイビスは答えた。「その前にきみが来るのを待っていたんだ。問題ないと思うが、一応きちんと診察を受けさせたほうが安心だからね」

ローマンが忠告した。「兄たちの様子もたしかめておいたほうがいいですよ。最後に見たとき、ふたりはテーブルの料理をそれは真剣に見つめていました。もうテーブルの上にはなにも残っていないんじゃないかな」

デイビスは笑った。「ホリーを助けるために果たしてくれた役割を思えば、あのふたりは望むものをなんでも手にできる資格があるよ」

「それはふたりには言わないほうがいい。後悔しますよ」

デイビスは笑いながら部屋を出ていった。

部屋にはローマンとホリーだけになった。ローマンは笑みを消してベッドのほうを向いた。ホリーはまだ腕を目にあてたまま、動かない。彼は深呼吸してベッドのそばに座った。

そしてホリーの手をとった。肌は冷たく、頬には涙が伝っている。「大丈夫かい?」

ホリーは手を握ったまま寝がえりを打った。彼女の声は弱々しく、ほとんどささやきに近かった。

「頭が痛いの。とても」

ローマンはベッドに横になり、ホリーを引き寄せて腕のなかに包みこんだ。「がんばるんだよ、ホリー。すぐに医者が来てくれるから」

ホリーは泣くのをこらえることができなかった。次々にとき放たれる感情に押しつぶされそうになる。彼女はローマンに体をすり寄せた。「ローマン?」

「なんだい?」

「わたしから離れないで」

「決して離れない。約束する」

ホリーはため息をついた。

ローマンの思いは乱れた。デイジーのことはこんなふうに何度となく抱きしめてきたが、記憶が戻ったホリーを腕のなかに抱くのははじめてだ。ローマンはデイジーを心の底から愛していたし、彼女もその愛に応《こた》えてくれた。しかし、ホリーはどうだろう?

眠ったのかと思った瞬間、ホリーが深呼吸するのが聞こえた。彼女はローマンの手をとり、指をからめて少しだけ自分のほうに引き寄せた。

「ローマン」

「うん?」

「愛しているわ」ホリーはそっとつぶやき、眠りに落ちた。

ああ、神さま。

ローマンは目を閉じた。ホリー・ベントンは、ほかのどの女性も与えられなかったことをぼくにしてくれた。ぼくを信じて、愛することを教えてくれたのだ。

目に涙があふれてきて、喉がつまった。ローマンはホリーの髪に顔をうずめ、甘くやわらかなにおいを吸いこんだ。そして彼女を抱きしめる腕に力をこめた。ローマンの心は今、自由になった。

「それがわかってうれしいよ。ぼくもきみを愛している」

エピローグ

車が最後のカーブを曲がったときには、すでに夕《ゆう》闇《やみ》が濃くなっていた。

「もうすぐ着くの？」ホリーが尋ねた。

ローマンはにっこり笑った。「ああ、ミセス・ジャスティス、あと少しだ」

ホリーは目を閉じて、ローマンが口にした名前の響きを味わった。「そう、よかった」

「きみががっかりしないといいんだけどね。あのキャビンは、ハネムーンにはいささか無粋だから」

ホリーは顔をあげた。「そんなことないわ、ロマンティックよ。あそこはわたしたちが出会った場所よ。結婚生活を始めるのに、どこよりもふさわしい場所だと思うわ」

ローマンはうなずいた。一瞬、返事ができなかった。彼はホリーを言葉にできないほど愛していた。兄たちが頼んだとおりにしてくれていたなら、まもなく彼女にその愛のしるしを見せてあげることができる。

「少なくとも、雪の心配はいらないわ」ホリーはローマンをちらりと見た。「いくらなんでも七月には雪は降らないわよね？」

ローマンは眉をあげて、にやりと笑った。「大丈夫だと思うよ」

ホリーはほほえんだ。「暖炉もいいけれど、新しい水着を持ってきてるの。泳ぎに行きたいわ」

「水着は必要ないよ」

「どうして？　泳げる場所はないの？」

「好きなだけ泳げるけど、水着はいらないだろう」

ホリーは顔を赤らめた。「裸で外にいたことなんて今までないわ」

ローマンの顔に笑みが広がった。「どんなことにもはじめてのときはあるのさ」

ローマンが車の速度を落としはじめると、ホリーは期待に身を乗りだした。ある意味で、彼女にとってはこれがキャビンへのはじめての訪問なのだ。デイジーはかつてここに来たことがある。しかし、ホリーにとってはこれから知る場所だった。

カーブを曲がるとローマンはブレーキを踏んで、ホリーにキャビンを眺める時間を与えた。一日の最後の日差しがとがり屋根にあたっている。キャビンははちみつ色に染まり、薄れゆく太陽のあたたかさをためこんでいるように見えた。眺めているうちに、ホリーの目には涙があふれてきた。森のなかからやっとの思いでここにたどりついたときに感じた安堵《あんど》感がよみがえってくる。

ホリーはローマンを見て、彼の腕に身を預けた。

「一緒にここに来られてうれしいわ」

「ぼくもうれしいよ」ローマンはゆっくりとやさしいキスをした。「さあ、荷物をおろすことにしよう。あっというまに暗くなってしまうからね」

「ああ、そうだったわね」

「気持のいいものだろう？」

「なにが？」

「覚えている、ということさ」

　ホリーはため息をついた。「ええ。あなたには決してわからないほどにね」

　キャビンの前に車をとめ、ふたりは荷物をおろしはじめた。荷物をなかに運び入れるのを手伝いながら、ホリーの思いは過去数カ月の出来事へと戻っていった。

　ホリーには、ずっと気にかかっていることがひとつあった。ビリー・マロリーだ。彼はうまくやっているのかしら、それともまだ過去から逃げつづけているのかしら？

　ゴードンに対しては、不利な証拠が山のように積みあげられた。彼は窃盗、殺人、殺人目的での誘拐の罪に問われ、ホリーの証言が彼の命運を決めた。仮釈放なしで残りの人生を監獄のなかで過ごすという宣告は、甘すぎるくらいだった。

　唯一、情状酌量できるとすれば、それはゴードンが、弟は一連の犯罪においていかなる共謀もしていなかったと証言したことだった。ゴードンは裁判の最初から終わりまで、ビリーの無実を主張した。

　ホリーも、自分の命を救ってくれ、盗まれた金を返せるよう彼女に託したのはビリー・マロリーだった、と正直に証言した。法的な意味では、すでにビリーは自由だ。しかし、彼がみずからを許すかどうかは別問題だった。ホリーは、自分が彼に感謝していることを知ってほしいと願っていた。

　荷物をすべてキャビンのなかに運び入れ、ドアを閉めて鍵《かぎ》をかけると、ローマンはようやくリラックスできた。ホリーがキッチンから出てきて、彼に向かってほほえんだ。これは現実だ。ホリーはここにいる。そして彼女はこれから先、命ある限りぼくのものなのだ。

ホリーは振りかえってロフトを見あげ、それからキッチンに目をやった。「やっと家に帰ってこられた気分よ」

「ここにおいで」そう言ったあと、ローマンは待ち切れずに自分でホリーのそばに歩み寄った。

そして彼女を抱きあげ、階段に向かって歩きはじめた。

ホリーは両腕をローマンの首にまわした。「その前に荷物の整理をしなくていいの？」

「待ち切れないよ。さあ、目を閉じて」

ホリーは言われたとおりにした。

ローマンはホリーを抱きあげたまま階段をのぼり、踊り場に着くと立ちどまった。

「目を開けていい？」

「まだだ」ローマンはそこでホリーを床におろした。

「もう見ていい？」

ローマンはホリーの肩をつかみ、ベッドのほうを振り向かせた。「ホリー……」

「なあに？」

「目を開けてごらん」

最初にベッドが、それからその上にあるものが、ホリーの目に入った。

「まあ、ローマン」

それ以上言葉が出てこなかった。涙で視界がくもったが、見間違えようがなかった。

ベッドの上に、デイジーの花が一面に散らされていた。枕《まくら》にも、まわりの床にも。

ローマンはホリーを抱き寄せ、顎を彼女の頭のてっぺんにのせた。彼の声はくぐもっていたが、そこにこめられた情熱は明らかだった。

「ここできみと愛しあいたい。これから先、きみがデイジーを見るたびに、この日を……そしてぼくのことを思いだしてくれるように」

ホリーは振り向いた。頬を涙が伝っている。彼女はローマンに手をのばした。

「わたし、言ったでしょう……自分の名前は覚えていなくても、誰がわたしを愛してくれたかはずっと覚えているって」

ローマンは、ホリーの言葉にこめられた真実に黙ってうなずいた。

「デイジーはいずれ枯れて、歳月は過ぎていくでしょうけれど、わたしは決してあなたを忘れないわ、ローマン」

ローマンの目にも涙がこみあげそうになった。彼はホリーを抱きあげ、ベッドへ向かった。そしてデイジーの上に彼女を横たえる前に、唇にやさしくキスをした。

「後悔しないかい?」

ローマンのやさしさにホリーはとろけそうになった。彼女は息をつまらせながら、彼の唇に向かってささやきかけた。

「後悔しないわ」

ローマンの言葉は正しかった。ホリーは、肌にふれる絹のような花弁の感触と、部屋を満たすそのむせかえるような香りを決して忘れないだろうと思った。ホリーは両腕をローマンにまわし、エクスタシーの瞬間、彼を強く抱きしめた。

それは、永遠に記憶に焼きつけられた瞬間だった。

彼女の髪にはデイジーが。

彼女の心にはローマンが。

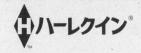

シルエット・ラブ ストリーム　2000 年 4 月刊（LS-86）

炎のメモリー

2024 年 8 月 5 日発行

著　　者	シャロン・サラ
訳　　者	小川孝江（おがわ　たかえ）
発 行 人	鈴木幸辰
発 行 所	株式会社ハーパーコリンズ・ジャパン 東京都千代田区大手町 1-5-1 電話 04-2951-2000（注文） 0570-008091（読者ｻｰﾋﾞｽ係）
印刷・製本	大日本印刷株式会社 東京都新宿区市谷加賀町 1-1-1
装 丁 者	中尾　悠
表紙写真	© Ekaterina Pokrovskaya, Olgagillmeister │ Dreamstime.com

ISBN978-4-596-63919-6 C0297

ハーレクイン・シリーズ 8月5日刊 発売中

ハーレクイン・ロマンス

愛の激しさを知る

コウノトリが来ない結婚	ダニー・コリンズ／久保奈緒実 訳	R-3893
ホテル王と秘密のメイド《純潔のシンデレラ》	ハイディ・ライス／加納亜依 訳	R-3894
ときめきの丘で《伝説の名作選》	ベティ・ニールズ／駒月雅子 訳	R-3895
脅迫された花嫁《伝説の名作選》	ジャクリーン・バード／漆原　麗 訳	R-3896

ハーレクイン・イマージュ

ピュアな思いに満たされる

愛し子がつなぐ再会愛	ルイーザ・ジョージ／神鳥奈穂子 訳	I-2813
絆のプリンセス《至福の名作選》	メリッサ・マクローン／山野紗織 訳	I-2814

ハーレクイン・マスターピース

世界に愛された作家たち
～永久不滅の銘作コレクション～

心まで奪われて《特選ペニー・ジョーダン》	ペニー・ジョーダン／茅野久枝 訳	MP-99

ハーレクイン・ヒストリカル・スペシャル

華やかなりし時代へ誘う

ハイランダーの秘密の跡継ぎ	ジェニーン・エングラート／琴葉かいら 訳	PHS-332
伯爵に拾われた娘	ヘレン・ディクソン／杉本ユミ 訳	PHS-333

ハーレクイン・プレゼンツ作家シリーズ別冊

魅惑のテーマが光る
極上セレクション

炎のメモリー	シャロン・サラ／小川孝江 訳	PB-390

※予告なく発売日・刊行タイトルが変更になる場合がございます。ご了承ください。

8月9日発売　ハーレクイン・シリーズ 8月20日刊

ハーレクイン・ロマンス　愛の激しさを知る

王の求婚を拒んだシンデレラ《純潔のシンデレラ》	ジャッキー・アシェンデン／雪美月志音 訳	R-3897
ドクターと悪女《伝説の名作選》	キャサリン・スペンサー／高杉啓子 訳	R-3898
招かれざる愛人《伝説の名作選》	スーザン・スティーヴンス／小長光弘美 訳	R-3899
世界一の大富豪はまだ愛を知らない	リン・グレアム／中野　恵 訳	R-3900

ハーレクイン・イマージュ　ピュアな思いに満たされる

大富豪と孤独な蝶の恋	ケイト・ヒューイット／西江璃子 訳	I-2815
愛の岐路《至福の名作選》	エマ・ダーシー／霜月　桂 訳	I-2816

ハーレクイン・マスターピース　世界に愛された作家たち ～永久不滅の銘作コレクション～

オーガスタに花を《ベティ・ニールズ・コレクション》	ベティ・ニールズ／山本みと 訳	MP-100

ハーレクイン・プレゼンツ作家シリーズ別冊　魅惑のテーマが光る極上セレクション

もう一度恋して	レベッカ・ウインターズ／矢部真理 訳	PB-391

ハーレクイン・スペシャル・アンソロジー　小さな愛のドラマを花束にして…

愛は心の瞳で、心の声で《スター作家傑作選》	ダイアナ・パーマー 他／宮崎亜美 他 訳	HPA-61

文庫サイズ作品のご案内

◆ハーレクイン文庫…………………毎月1日刊行

◆ハーレクインSP文庫……………毎月15日刊行

◆mirabooks………………………毎月15日刊行

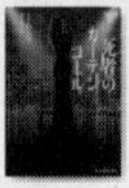

※文庫コーナーでお求めください。

7月刊 好評発売中！

ハーレクイン”の話題の文庫
毎月4点刊行、お手ごろ文庫！

作家イメージカラー入りの美麗装丁♥

『奪われた贈り物』
ミシェル・リード

ジョアンナとイタリア人銀行頭取サンドロの結婚生活は今や破綻していた。同居していた妹の死で、抱えてしまった借金に困り果てた彼女は夫に助けを求め…。

(新書 初版:R-1486)

『愛だけが見えなくて』
ルーシー・モンロー

ギリシア人大富豪ディミトリに愛を捧げたのに。アレクサンドラが妊娠を告げると、別れを切り出されたばかりか、ほかの男と寝ていただろうと責められて…。

(新書 初版:R-2029)

『幸せのそばに』
スーザン・フォックス

不幸な事故で大怪我をし、妹を亡くしたコリーン。周囲の誤解から妹の子供たちにまで嫌われ絶望する。そんな彼女を救ったのは、子供たちの伯父ケイドだった。

(新書 初版:I-1530)

『ちぎれたハート』
ダイアナ・パーマー

ノリーンの初恋の人、外科医ラモンが従妹と結婚してしまった。その従妹が不慮の死を遂げ、ノリーンは彼に憎まれ続けることに…。読み継がれるD・パーマーの伝説的な感動作!

(新書 初版:D-761)

※ハーレクインSP文庫は文庫コーナーでお求めください。